生活を創る（コロナ期）

どくだみちゃんとふしばな 9

目次

2020年8月〜10月

2020年11月〜12月

2021年1月〜2月

タイミング

本文写真：著者
本文中の著者が写っている写真：井野愛実　田畑浩良

2020年8月〜10月

竹富島にて
スーパー美人アシスタント！

今夜だけ

◎今日のひとこと

これを書いている今はみなさんがなるべく家にいるように心がけている時期です。星がきれい、空気がおいしい、空が澄んでいるのです。

小学生のときって、こんな感じだったなあ、と思うのです。

光化学スモッグ（懐かしい言葉だなあ）などがあったはずなのですが、「スペクトルマン」では公害Gメンが戦っていた時代なのですが、それでも朝の空気がこんな甘い匂いだったなと久しぶりに思い出しました。

よく森博嗣先生がおっしゃっているのです

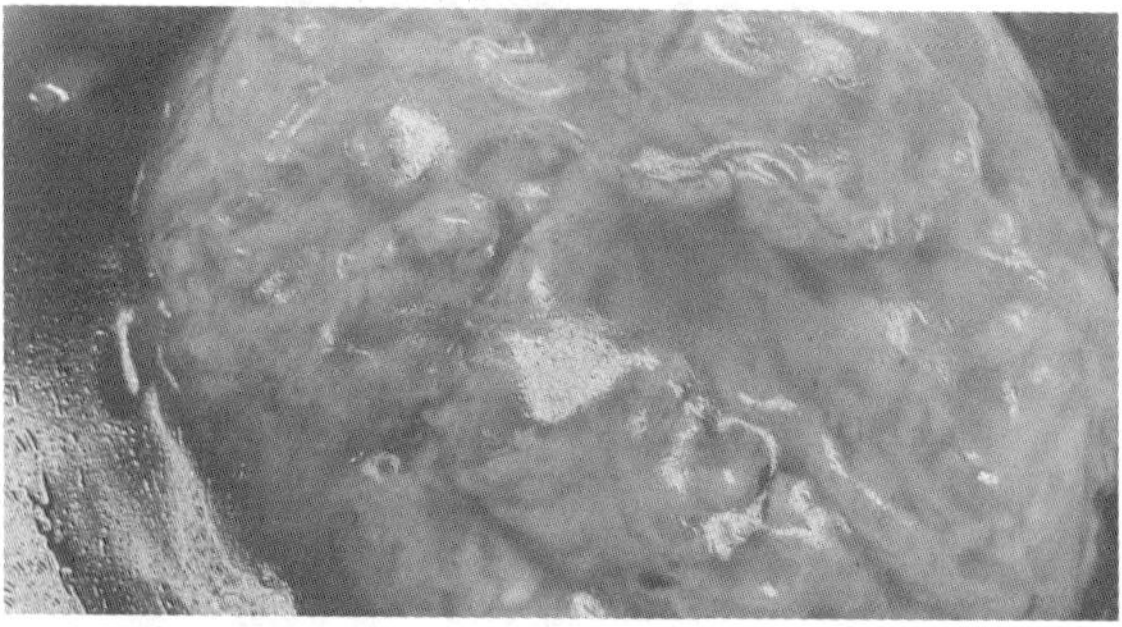

下北沢「珉亭」の天津飯

が、「人間がいなくなれば、地球はきれいになる、いちばんエコじゃないのは人間だ」というのはほんとうだなと思いました。

ほんの数ヶ月、人間が動きを止めただけで地球はあっというまにもう美しくなっているのです。

だから、人間はもっともっと間借り人らしくしたらいいんだなと心から思いました。

そんなにがんばって経済をぶんぶん回してどうするんだ、住んでいる家が壊れるじゃないか、みたいな。

私はヴィーガンでもないし、自然に配慮した生活をしているわけでもないけれど、どのくらいやったら地球のなにが汚れるかくらいはわかる気がします。己のことだけ考えていたら、エスカレートして、線を越えちゃった。

結果として未知のウィルスが出てきちゃった。でも人間がそれで活動をやめたら、地球がきれいになっちゃった。ということは、やはり線を越えてしまったのが原因なんでしょうし、こんなことを続けていたら、人類がほんとうに滅亡するから気をつけようなという警告でもあるのでしょう。

喉元を過ぎても忘れずに、よくなっていくといい、ただそれだけ思います。でも、もし私たちが住み続ける資格がない生物なのだとしたら、しかたない。中にはもちろんすばらしい個体もたくさんいる、でも、そうでない部分が愚かすぎて暴走したら絶滅しちゃった、それだって充分ありうることなのです。環境の中の生命は平等なのですから。

前にうちにいたパートのおばさんに、私が

もうひとりのパートの人にお金を貸せと言われて断った話をぐちとしてしたとき、その人が言いました。

「それはね、もう喉元までその言葉が出ても、決して言ってはいけないことです」

ああ、この思想がこの人を支えてきたんだなと思いました。

どさくさでは動かない、そんな生き方がいいなと思います。

謙虚とか心身をきれいに保つとか、時代に合わないかもしれないことが、結果として地球を支えていくんだなって。

ある日、はたと気づいたのです。

「あれ？　そう言えば私は、去年くらいから、極力出かけない生活にシフトしていたな。

特に夜は、家にいるようにしていた。

家のことをじょじょに本格的にやるようになっていたし、料理も日持ちする方法で作るようになっていた。米や水を多めに買い、トイレットペーパーやアルコールも切れると余分に買っていた。

そして風邪をひかないように心がけて、サプリも常備するようにしていた。

歳のせいかと思っていたが、違うのだ。私はわかっていたのだ。私の知らないところで」

そう思ったのです。

そうか、私は何かを知っていたのだ、あれこれ考えないで、いつも自分の潜在意識にまかせればいいのか、と。

なんとなく行きたくない場所には行かない、人が山盛りの場所には近づかない、なるべく飛行機には乗らない。乗ったら万全の状態で、その上あまりいろいろ気にしないようにする。未知の菌がある外国の屋台やトイレなどでは気をつけながら消毒をかかさないようにする。

　そうしていたら、いろんなことを言われました。

　そんなに神経質で繊細だと生きられないとか、出不精は小説家としてよくないとか、興味を持ってくれてると言ったじゃないですか、遠くても見に来てくださいよとか、とにかくいろんなことを。

　でも、なんだか動きたくなかった。

　それはヘタレだったのではなく、自分が心の奥底のどこかで知っていた自分を守る方法だったのですね。

椿の花が落ちそう

◎どくだみちゃん

青い船で

　まるで「ゾンビ」という映画で観たみたいに、いつもにぎわっているそのショッピングセンターはきっちり暗く閉まっていた。

人のいないその町で。
そして、人のいない上のフロアにエレベーターで上がる。
だれもいないトイレに入る。
まるで世界から人がいなくなったみたいなそんな光景を数時間のうちにいっぱい見た。
後から人が入ってきて、トイレの個室にいた私は、
あ、待ち合わせをしてるあの子だ、と思ったのだった。

だから洗面所で少し待ってみた。

するとあの子がトイレから出てきて、

「あ、やっぱり、そうじゃないかなって思った」

と言った。

だれもいないフロアに大きな靴音を立てながら並んで歩き、あと数時間、来週になれば営業も自粛になるこの東京で、今夜だけはおいしいものを食べよう、そんな夜だった。

前から予約していたし、店もやっているし。

きっと今日を越したらなかなか会えなくなるね、そして外食もできなくなるんだろうから。

そんなことがわかっていたから、かえっていつも通りに過ごした。


こんなにも会えて嬉しいなんて。

そして多分、気が合うなんて。

出会えてよかった。

そう思った。


ものすごくきれいな横顔で、彼女はぐいぐいワインを飲んだ。

つられて私も意識が飛びそうになるまでワ

インを飲んだ。

目の前では料理人が落ち着いた手つきで料理を作っていた。明日は確かにあるという手つき、確実で、現実的で、目に見えてなにかができあがっていく魔法の手つき。

遅い時間に帰りたくなかったから、早くに予約して、まだ夜が始まったばかりの時間だった。

お店には人がちらほら。みんなきれいに距離を空《あ》けて座っていた。だから会話の声もあまり響かない。

このどこもかしこも静かなディナー、一生忘れないな、そう思った。

その静けさの中にあったまるで花が開くときのような力や豊かさのようなものを。

世界の終わりのようなひとときを、君と過ごせて、嬉しかった。

ただそう思う、そんなことがあってよかった。

そんな歌があった。

なぜかとても懐かしい、あなたがいてよかった。

「星のや竹富島」のディナー

あの夜がなかったら、この日々はもっときつかったかもしれないな、そう思う。

◎ふしばな

「ふしばな」は不思議ハンターばな子の略です。

毎日の中で不思議に思うことや心動くことを、捕まえては観察し、自分なりに考えていきます。

私が書いたら差しさわりがあることだって、私の分身が考えたことであれば問題はないはず。

村上龍先生にヤザキがいるように、私には「ばな子」がいる。

森博嗣先生に水柿助教授がいるように、私には「有限会社吉本ばなな事務所取締役ばな子」がいる。

村上春樹先生にふかえりがいるように、私には「ばなえり」がいる（これは嘘です）！

そんなこと言わないで～

少し前に「ママを象徴する言葉は『そんなこと言わないで～』だと思う」と息子に言われ、「そんなに頻繁に言ってる？」と聞いたら、「なんだかわからないけど、いちばんママらしい発言という気がしてすごく印象に残ってる」と言われた。

そうかなあ、と思いながら暮らしていたら、ある日、息子の学校の新学期の教科書が送られてきた。

国語の教科書を見たら、私がトップに載っ

ている。

　まさかこんな日が来るなんて、その小説を書いたときには思っていなかった。私が「ここはこんな感じかな」とてきとうに書いた植物たちに、写真入りの注釈までついていて全く申し訳ないったらありゃしない。

「すごいね、お母さんが教科書に載ってるなんて。もし設問でわからないところがあったら聞きたまえ。それが不正解だったら『正解は著者が決めるって言ってましたよ』って言ってやれ！」などとうそぶいていたのだが、ぱらぱらと読み進めるうちに自分がなにを書いたのか全く覚えてないということがわかってきた。しかも今と似たようなことを書いている。このしつこさ、すごいなと我ながら思う。だいたいなんで最後急に山に登りだすんだ。唐突だろう。若いって恐ろしい。

目黒で見た花々

そしてけっこう重要な場面で登場人物が言っていた。

「そんなこと言わないで」

まだ子どもの子の字もなかった時代に、すでにそれは私の言いそうなことだったのである。なんということでしょう。

◎よしばな某月某日

あまりにスーパーがごった返していると、生命の危険を感じて空いているスーパーへと行ってしまう。そんなことをくりかえしているうちに、スーパーがいつでもどこでも混んでいるようになってしまった、すごくヤバい感じがする。本能的に体が入っていかない。ウィルスの知識は関係ない。もしかしたら平常時でも同じことを思うかもしれない。

イタリアなどのせっぱつまった様子とは違い、日本のスーパーに行く買い物は娯楽と散歩と趣味と実用と必須をみんな兼ねている場所になってしまったので、これもしかたがないような気がする。

そして体がぷりぷりぷりぷり、ムチムチムチムチしてきた。動かないで食べているんだからしかたがないだろう。その上おじいちゃんのごはんを作って味見までしているから、うっすら5食くらい食べているのでは！

でも数年後に、今のことを思い出したら（生きてたらね）、きっとみっちり家族でいられて楽しかったなあと思うだろう。いちばんめんどうだった「眠いときのごはんのしたく」なんて、最も愛おしい思い出だろう。そう思うと、退屈はしない。

このくりかえしの中に潜むさっと吹く風の

ようなフレッシュさこそが、人生の秘訣なのだ。

　睡眠をよく取っているから、道ゆく人が昭和の人たちのようなのんびりした顔つきになっている。みんな肌まできれいになってる。道で子どもがサッカーなどして遊んでいる。平和だ。

　やっぱり、なんか間違っていたんだと思う。それに人類が気づくといいのだが。

　to go の食べ物にもいろいろある。歩くとちょうどいい運動になる、家から徒歩10分くらいの「第三新生丸」のおいしすぎる持ち帰り（特に刺身）が我が家の生命線となっているのだが、今はあちこちでいろいろ売っているので、気まぐれにいろいろな場所でランチなど買ってみる。

　今日は試しにとあるところでとってもオーガニックなお弁当を買ってみたけれど、自分の体調が悪いのでもコロナなのでもなく、味が漠然としていて、どのおかずも全体的に切れ味がジメッとしていてとにかく重い。食べたら体が重くなって立ち上がれなくなった。そこまでがんばって食うなよという説もあるけど、残したくなかったのでなるべく食べた。

するど、なんというのだろう、糖尿病体質の人にはわかると思うのだが、だるいを超えて眠いあるいはどうしようもなく重いみたいなとてもよからぬ状態がやってきた。これは、人が死ぬような食べ物だなと思った。オーガニックで、材料もよくて、それを組み合わせて……と頭で考えたら最高なものを、体が拒絶するという。そういうものってこの世の中にたくさんあるんだろうな〜。

ちなみに私は前も書いたが、生に近い卵とほうれん草とごま塩と玄米をいっぺんに食べるとすぐ吐ける。間違いなく強すぎて体が拒絶しているのだ。カツ丼と白米と豚汁をいっぺんに食べても全然大丈夫なのに。

この場合もやっぱり、自分を信じたい。なにか大きな帳尻合わせがあるんだろうって。無理に信じる感じではない、きっとこの体にはこの体なりの、偉大な計画があるんだと信じる感覚だ。

ここで横たわったらいけないと思って、いっしょうけんめい動いた。さんざん動いて、夜食べるための味噌汁の具をちょっと工夫して夢中に切っていたら、急にふっと軽くなった。霊じゃあるまいし！　なんなの。

抜けるまでたいへんだったので、ますます「食べものって恐ろしい」と思った。このぷりぷりぷりムチムチムチしてる期間だったら、ますますヤバい。

そう言えばほんとうに謎だったのだが、香港に前回行ったとき（次はいつ行けるやら）、行きから「インフルエンザかコロナか」くらいに熱があってだるくて喉も痛くて、初日と翌日の午前中ずっと寝て、まず翌日の午前中にコーラを飲んだら「む？　なぜか今ちょっと軽くなったが気のせいか？」と思って、がんばってお昼ご飯を食べに出かけた。食後に「う～ん、まだまだ良くならないな」と思いながら、カフェに行って濃いめのコーヒーを飲んだ。すると、突然に霧が晴れたように「あれ？　治った？」という状態が訪れ、それからはどんどん快方に向かっていったのだ。

基本的にはどう考えてもカフェインの力だと思うのだが、きっかけとか気晴らしではなく、明らかにそこからもう症状が戻らなくなったのには驚いた。
　これも、頭で考えたら「熱があって弱ってるときにカフェイン？　ダメだよ」と思うのに、実際にはなんだかわからない帳尻が体の中でピタッと合うのだと思う。

　だから、頭や知識よりも体の声を聞きまくり、「ほんとだ、治ったね」とほめてあげるフィードバックをくりかえして磨いた方がいいのだと、やっとわかってきた気がする。

ヒヤシンス

当惑するほど広いこの世界
（比較的重めの内容なので、元気なときに読んでくださいね）

◎今日のひとこと

うちの近所に、虐待ぎりぎりに飼われている犬がいるんです。

炎天下に水もなく、横になれない長さのひもで塀にくくられていて、糞尿にまみれているときもあり、たまに耐えきれずにお水をあげてしまいます。

目も片方病気で膿んでいて、でも治療もしてもらえず、原因は知らないけれど後ろ足が動かなくなっていて、ずるずる引きずって散歩させているんです。悲しいけれど、そのま

なぜそこでくつろぐ?

まだとものすごく長く生きる感じではありません（この後すぐ亡くなりました）。

でも、飼い主は夕方になると部屋に入れているし、他にも2匹犬がいて、そのひどい状態でその犬たちは彼と共に10年くらい生きているんですよね。実際、見かねた夫が直接注意しても、「ちゃんと飼ってる」と言われてしまうそうなんです。そして、彼にとってはそれが心からの真実なんです。

通報しようかとも思いましたが、それだと短期間で保健所に行ってしまう。かといってうちでは引き取れないし、そもそも飼い主が手放さないだろう。

犬が死んででも彼と離れた方がいいというところまでは、私も思えませんでした。

そしてなによりも全く飼育放棄しているわけではなく、間違った飼い方だけれど、とにかくひとつ部屋で暮らし、彼なりに飼っているんです。


昔、夫の仕事場のマンションで、ガムテープでぐるぐる巻きになっている犬を見かけ、「どうした？」と取ろうとしたら飼い主に「今しつけしてるんだから触るんじゃねえ！」とどなられたことがあります。その犬は、自殺しました。事故ということになっていますが、自殺だと私は思っています。お仕置きと称してマンションのせまい廊下に短いひもでつながれて寒いときに一晩中外に出され、逃げようとして階段で首を吊って死にました。

そして飼い主ではなく夫がそのかわいそうな姿を見つけました。あの飼い主は地獄に落ちると今でも思っています。いや、正確には「落ちろ」か。

世界は広い、あまりにもいろいろな人がいすぎる。全部を統一して良くしたいと思っても決してかなわない。

そう、（菊地）成孔さんがおっしゃっていたとおり、世界中の人が100円ずつ寄付したら、たいていのことは解決するんです。でも人類はそれくらいのことさえできないんですから。

でも、見ていられないことは減ってほしいと思い続ける意志だけがものごとをだんだん変えていく。そうとしか言いようがありません。

犬でこうなんだから、きっとこういう子どもたちもいっぱいいるんだろうな、と思うと、暗澹とした気持ちになります。

そして子どもたちが酷い目にあっているとわかっていても、口出しができない周囲の家の人の気持ちも、痛いほどわかります。

そう、虐待をする人って、その人なりには愛していると思っているんです。殴るお父さんが殴られる子どもと手をつないで歩いていたり、黙認しているお母さんとその子どもが仲良く買いものしたりするところを見かけたら、わからなくなってしまうんです。

だから、むつかしいんです。だから、法が必要なんです。

できることは、祈ること、様子を見て声をかけること、そしてやはり自分の家の犬を本気で幸せにすること、そのくらいなのかもしれません。この問題には、正解も白黒もほんとうにはなく、なかなかはっきりしません。

事件が起きてから「知っていて放置していた近所の人も同罪だ」というのは簡単ですが、ものごとってもっと複雑なんです。

だからこそグレーのまま、目をそむけないでできることをすることが大切なんだと思います。私は飼い主にちゃんとあいさつをするようにして、炎天下なら水をあげ、淋しそうならなでたりおやつをひとくちあげたり、そういうつきあいかたしかできませんが、その犬が死ぬまで、きっとしていきます。

私も昔、近所の人に通報されそうになったことがあります。

飼っていた犬の抗がん剤治療をやめたからです。虐待だと言われ、家に乗り込まれ、ほんとうに迷惑しました。最終的にその人の周りの人が「そりゃむちゃだろう」と止めたらしいですが。

11歳だったその犬は、病院に行くのがそもそも嫌いなのに、見知らぬ大病院で抗がん剤の治療を受けたらものすごく吐いて、げっそりして、でもそんなにがんは小さくならなくて、2回目でもうこんなことはよそう、と夫婦で決断しました。つらい決断だったけれど、漢方やハーブを採りながら家族といっしょにそれから3ヶ月出かけずにいっしょに過ごして、穏やかに彼女は去っていったので、悔いはないです。

そんな最後の日々にいきなり文句をつけてきて、家に押しかけてきて治療を積極的にしないのは虐待だと言われ、いろんな人にそれを言いふらしたり、写真を撮られたり、今考えても腹が立ちますが、その人の思っていた私は私ではなく、成功した妬ましい人、犬をないがしろにして出かけてばかりいる人のイメージだったと思うので、縁を切って大満足です。

頭が悪いな、と思ったのは、時間のサイクルについて全く考慮していなかった点です。明け方まで仕事をして、夜の8時くらいに出かけて遅くとも深夜2時くらいには帰ってくるわけですから、勤め人に比べて、犬といっしょにいる時間はとても長いのです。毎晩必ず出かけているというイメージがその人にそう思わせたのでしょう。

また、散歩くらいシッターに行かせず自分で行けとその人は思っていたらしいのですが、知人のペットシッターさんが経済的に困窮していたから、助けるつもりで出張時以外も定期的にお願いしていただけで、夜は夜で夫と子どもとたらたらと近所に散歩に行っていたんです。今でも懐かしい、ベビーカーと犬2匹の深夜の行進。

推測だけで判断するってほんとうに恐ろしいことです。

……っていうかこの犬好きの私が虐待してるなら、世界中の人の飼い方はなんらかの意味で虐待です。犬は環境を選べないから。「自分なりに飼ってる」それに関しては、だれもが罪びとなんです。

環境を選べないからこそ、うちに来てよかったと思われるほどに愛し抜きたい。ただそれだけです。

江原啓之さんが、対談のときにふとんをかける仕草をしながら言いました。

「大きな犬が膝のところにいますよ。ラブラドール？　ゴールデン？　薄い茶色です。

『道で毒かもしれないものを拾い食いしたときだけは叩かれたけど、あとはずっと優しくてずっと幸せだった。人間みたいにいっしょにこうやってふとんに入って寝たんだよ』って言ってます」

そんなことなにかに書いたこともなく、家族以外誰も知らないことだったから、すごいなと思いました。

そして思いました。やっぱり伝わってた。あの愛は、伝わっていたんだなって。

通報の奴、ざまあみそしる！

でも、江原さんに確認しなくても、とっくにわかっていたんです。

私と犬が、互いにわからないことがありながら、種の違いを超えて互いを大切に思っていたことは。

「完璧に飼っていますか？」

と言われたらNOです。不備がたくさんあるでしょう。でも、互いを心から許しあっている、愛している、それが全てだと思います。

かといって、その近所の犬の状況をよしとできるかというと、私にはやっぱりできません。

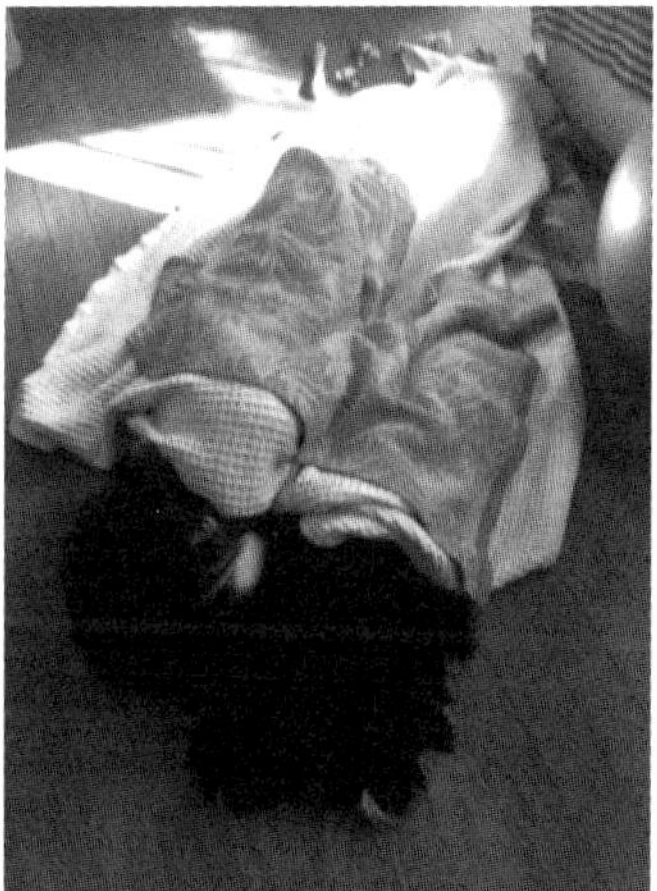

先代の犬とうちの子のかわいい眠り

できることを、できるだけ、こつこつとするしかないです。

◎どくだみちゃん

奇跡

夜寝るとき、猫に、
「そろそろ上に行くよ、いっしょに行く?」
と聞くと、にゃんにゃん、と言いながらついてくる。

それはあたりまえのことのようで、やっぱり奇跡なのだ。

自分の誕生日にきっかり、その年初めての蓮の花が咲く。

あたりまえのように思っていたけれど、すごくないか?

なんだか疲れてだるくて、ソファーでうたた寝してしまう。

犬が登ってきてお腹に寝る。

温かくてぐっすり寝てしまう。

目が覚めたら疲れが取れていて、世界がきらきらして見える。

「私はなにもしてないし、与えてないし、吸い取られてもいないよ」という感じで犬も元気に目を開ける。

世界に満ちているそんな奇跡を人だけが忙しさで見過ごす。

世界に生きている他の生きものはみんなそのことを知っている。

地球上の生きものはみんな、奇跡という薄氷の上をそっと生きているのだ。氷が割れないことに感謝して、ぎりぎりのそこから奇跡のパワーをもらって、生きる糧として。

人間だけがそれを無視した。

取れるだけ取る、もらえるだけもらう、蹴落とせるだけ蹴落とす、食べたいだけ食べる、行きたいところに行きたいだけ行く。もっともっと、ほしいほしい。

だから宇宙の法則も地球もそれを均すことにした。

そりゃ当然だろう。

だからしかたない。粛々と受入れて暮らすしか。

命があるだけで奇跡なんだから。

ミモザ

◎ふしばなイメージ

私のそばにいる男のバイトの人（たまに女性も）は、たいていの場合、私を大嫌いになって自らやめる。最後に罵詈雑言を叩きつけていく場合がほとんどである。

そのあと戻ってくる人もまれにいるが、そういう人は心から欠点を許しあえる人であるから別として、たいていは縁が切れる。

話し方、笑い方、調子の良さ、すべてが気に入らないという気持ちになるらしい。

しかし、それはその人自身の問題なのだろうと常々思っていた。

私が私の家で、私の稼いだお金でどう暮らそうが勝手である。

そこが好き嫌いの判断対象になること自体、お金をもらっている仕事の上でプロではない。

どこを節約して、どこにお金をかけるか、それも私の自由である。人間なんだから生活しなくてはいけなくて、どこかしらで節約したり自分の労力で補っているに決まっているが、そこまで見る余裕はなくなるらしい。調子よく、社交的に人に合わせて、媚びて、陰では言いたい放題言って、やりたい放題やっている、というのが彼らの総意である。

そもそも小説家なんてアクが強いに決まってるというのもあるが、なによりもそもそも私のことを色めがねで見ているのである。いい人という色めがねか、金持ちという色めがねかわからないが、とにかく私とはなんの関係もない私を最初から想定しているのである。そりゃ破綻するだろう。

経済的にうまくいっていない人ほど、そうなるのがわかりやすいところだ。

まず、女性に使われるのがいやなのがひとつ。

自分より稼いでいる、こんなに欠点があるのにさ、というのがひとつ。

さらに、私があくまでその人たちには「バイトの人用の人格」で接しているのが読めていないというのがひとつ。

部下というものは決して友だちではない。

ただ、それがわかってさえいれば友だち以上の関係になりうるものなのにもったいない。

バイトの人用の人格は私の一部ではあるが、全部でもなければ、プライベートの性格でもない。

そもそも勝手に好きになられて勝手に嫌いになられても、こちらにできることは全くないので、そもそもの初めからおかしい。

まあ、アクが強いまま生き抜いてやる！とますます燃えるのでどんなに嫌われても全然かまわない。


ひとりだけ、最初から最後まで（今はご実家の事情で辞めてしまったので）、その人がどんなに私にうんざりしても、そしてそれを私がわかっていても、さらにどんなに彼が経済的に困窮して苦しい思いをしているときでも、変わらなかった人がいた。

私のエッセイ界では有名な、はっちゃんという人である。

いろんな意味でものすごくクセがある人だし、バイト中に外部の人とけんかをおっ始めるのが困り者なんだけど、すごく賢くてサバイバル能力があって、強い人だ。

なにより私は私と同じだけ「私にうんざりしない力を持っていた」その一点でその人をものすごく尊敬している。

バイトで来ていないときは、絶対に自分のしたくないことはしないし合わせない、そこを決して曲げないところも逆に信頼できた。

やめたいろんな人の屍（？）を乗り越えて生き抜き、このアクが強く性格の悪い人生を終えるとき、天国に行く車はイメージの中ではっちゃんが運転しているのではないかと、なんとなく思っている。
「あ、はっちゃん、やっぱり来てくれたんだね」って感じで。

さらに普通の事務のバイトとして（そこでも私は今、優れた人ふたりが10年近くいてくれている幸運に恵まれている）ではなく、もっと密に（3密に）10年を超えて子ども含めずっと共に働いていていてくれているいっちゃんという人もいる。

私は、私が成長したからはっちゃんやいっちゃんに巡り合えたんだと思うほど傲慢ではない。
その人たちの高い人格が私のアクを許したことで、私が成長したんだと思っている。そんな人たちに巡り合えたことを、幸運だと思

近所の建物の絵のようなツタ

う。

◎よしばな某月某日

おじいちゃんの交通事故の痛みが落ち着いてきたら、私と息子の態度が以前那須の家に行っていたときと全く同じになった。

おじいちゃんの家の床でごろごろしているうちに、寝てしまうのである。

おじいちゃんの家の床で目が覚めたら、那須にいるのかと思った。

こんなときを東京で過ごせてよかった。

交通事故を起こしたときは一巻の終わりかと思った。でもだれも巻き込んでないし、おじいちゃんも生きてる。

じ「我々の時代にはペストがありましたからな、でもあれはかかるとすぐくたばるから、楽でしたよ。集めてトタンで囲って焼けばいい。今回はかかっても人にばらまくからやっかいですな」

あまりにも凄すぎて、SNSでもブログでも書けないので、ここに書いておく。

兄貴（丸尾孝俊さん）が、「食べたくなったら食べる、寝たくなったら寝る、運動は体に悪いからしない」とおっしゃっている意味が、予定のない生活になったらよくわかってきた。

人生にいちばん悪いのは「義務」だなと思う。起こったトラブルを解決することと義務は違う。その違いがストレスを呼ぶんだとしみじみ思う。

全ての人があらゆるそれぞれの工夫をこらして義務から解放されたら、世界は平和になるんだなとさえ。

ほんとうに不思議なのだが、色分けされたみたいに、安全と危険が見える感じがする。なじみがあるから大丈夫とかではなく、大田区のとあるスーパーには恐怖を感じ、世田谷区のとあるスーパーは安全だと感じる。その違いを言語化できない。でもきっとよく観察したら、決して気のせいではなくバックヤードの衛生面とか混み具合とか、実は感染している人が複数いるとか、シャーロック・ホームズ的に答えが出るような気がしてならない。

そしてこんなときほど自然に接するべきなのに、国は人数をきちんと管理するという方策を取らず、どんどん自然に接することができる場所を閉鎖していく。花を見に行く人が多いから花を刈り取るっていうのもおかしい。そもそもそんなことだからこんなことになったのでは。

このセンサーはどこから来たのだろうと思う。家族を愛してるからでも自分を愛してるからでもないのだ。命が自分の中にあるからとしか言いようがない。

どうかこの世を去るときまで、このセンサーが自分と共にあるように、とフォースに対してみたいに願う。

コロナと闘う闘うってみんな言うけれど、そもそも自分たちが悪いからそんなものが誕生したわけなので、すりかえちゃいけない。

それにほんとうのプロはほっといても現場で粛々と働いているのだから。ほんと、うんざりだ。

桜の枝をとっておいたら葉が出てきた

やらずにいられない

◎今日のひとこと

これを書いている今はGWです。自粛まっさかり。
この頃、生活しているだけで、やたらに昔のことを思い出すのです。
もしかして感染して死ぬからか？　と思ったけれど、そうでもなさそうです。
それは、空気が良くて、東京の人口が少ないからでした。
姉と話していても、お互いの雰囲気が子どもの頃みたいなのです。
昼がちゃんと昼で、夜がちゃんと濃く夜なのです。

「ラ・プラーヤ」の児玉さんにCS60を（痛かったらしい）

たくさんの人が道にあふれ、平日でもぶつからずに歩けないような感じじゃなくて、街でふと振り返ると向こうのほうまで景色が見えるのです。

もうないから言えるけれど、「よく私東横のれん街をはじからはじまで買いものしながら歩いていたな、ストレス度１００だろう」と思います。

人は、そんなに大勢の人に近距離でまみれるようにはそもそもできていないのです。

生物学的にも危険なことだし。

駅のトイレにもできれば行きたくないし、届いたダンボールを食卓にすぐ置くのはすごく抵抗があった。潔癖症なのではなく、やっぱり正しかったんだ、そう思います。

でも喉元過ぎたらすぐ人は経済をぶんぶんとぶん回すようになるだろうし、夜中まで出歩くだろうし、人は街にあふれて、全く反省の色ゼロでしょう。

なにせ敵はいつのまにかウィルスにすりかわっているんですから。

ほんとうの敵はそれを生み出すような異様な行動をしていた人類なのに。

森林を伐採しすぎて、今まで触れ合わなかった動物同士が触れ合ってエボラ出血熱が生まれたという説があります。

珍しいし役立つ成分を持っている野生生物をバラしたり研究するから、こんなことが起きたという説もあります。

ここで、方向転換できるかどうかは大きなチャンスなのに、人は愚かにすぐ元に戻ってしまうでしょう。

せっかくクリーンになった地球も、どうせ

またすぐ汚すんでしょう。

　いっそ滅びちゃえばいいのにと思うけれど、やはり個々の人々や現場の人々はとてつもなく愛おしく、みな天寿を全うしてほしいのです。

　地球という家を間借りしてるだけ、だから、壁紙を変えるくらいにして大規模な改装はやめましょう、潔癖になる必要はないけれど、きれいに整え、季節のままに静かに暮らしましょう。それだけのことなのに、どうしてもできないのです。

　好奇心や探究心でできないのならまだいい。でも、経済的な理由なのです。もっとほしい、もっと安心したいっていうだけなんです。

　しょうもないですね〜！

新しくできた街の夜

◎どくだみちゃん
ひと夏だけのゴーヤ畑

　前の家の前を通ると、家の中に死んだ犬や猫がまだいるような気がして、ちょっと立ち止まってしまう。

小さい男の子もいそうで。
あのときの自分がいそうで。

その家で一度だけ、植木鉢に播いたゴーヤの種がみるみるうちに大きくなって、棚も作ってないのに塀一面に勝手に畑になって、

夏中たくさんのゴーヤ、しかも巨大なやつ、が採れたことがある。

これってどうやって終わるのだろうと思うくらいすごい規模になった。

秋が近づいてきたら、少しだけ勢いが弱まると同時に、どこからともなく虫がやってきてゴーヤを食べ始めた。中まで入り込んでみんな穴だらけ。

収穫できなくなったので、種ゴーヤだけ取って、枯れるに任せた。

こうやって終わるんだ、ちゃんと順を追って終わるんだ、と驚いた。

それまで同じ試みをしても、1週間に2本の収穫とか、そんな感じだったのだ。あんなに止まらないものを扱ったことはなかった。

今でも自分の背を追い越して茂るゴーヤの色が浮かんでくる。

あの頃の私にはまだ親がいた。

大家さんとは出るときむちゃくちゃにもめて（年代の違いで全く契約書が通じず、電信柱を家のまんまえに立ててもいいかとか、劣化して壊れた風呂を直すのに半額出せとか、私たちが家を出た後ももし猫の匂いがすると店子が言ったら遡ってお金を出せとか、むち

やくちゃだった。昔の人は借家を1度借りたら一生出ないことが多かったので、そして自分たちで勝手に修理することもよくあったので、その感じだったんだと思う）、結局こじれて裁判になって（示談になりました）、今では道であっても冷たく頭を下げ合うだけの関係になってしまった。

しかし、最後の最後はそんなふうだったけれど、

両親が死んだ翌年のお正月に、無骨な声で、「去年は淋しい年だったと思います。今年はどうか、良い、年に、なりますように！」

と留守電に入っていたことだけは、とてもすてきなこととして、一生忘れない。

ピンクの壁のよう

◎ふしばな

プロ

いつものスペイン料理屋さん「ラ・プラーヤ」[*1]がテイクアウトのとんかつをやっていると聞いて、顔も見たいし応援したいので、行

ってみた。

おやじさんは、いつも通りにひたすら料理をしていた。

本なんて読む気にならない、お客さんが来ようと来まいとなにか作っていたい。

今は魚介が最高の時期だし、どうしても見過ごせない。いい材料でなにかを仕込んでいたい。それだけしかない、と言っていた。

しょうがないよ、食いものやはうまい食いもの作り続けてないと、と。

世論とか善悪ではなく（もちろん消毒などそれぞれがきっちりできるように万全の構えでした）、自分の中の創作欲をちゃんと満たして、それをランチやテイクアウトの形でも、いつものようにきっちりと給することができなくても、出す。

変に意地をはっていつも通りに営業するのではなく、時勢に合わせてちゃんと調整して、動いていた。

これが人間だし、人間の知恵だなと私はしみじみ思った。

しかもいつも働いているフロアとソムリエとデザート担当のお店のパートナーがおやすみしていて、作ってひとりで出して会計もやって、でも、もう自分は歳なのに、なんてたいへんなんだ、というグチは彼からは決して出ない。

「昔はひとりでやってたんだから、できないはずがない」

肩もひじもボロボロで、へとへとなのにそう言う、その意地こそが、意地の中にていねいに燃える情熱こそが、人類だなと彼を見ていて思った。

私も、いつでもそこに戻っていけるように

しようと強く励まされた。

長い時間をかけて、私たちは去勢されてきた。

まあ言うなれば資本主義社会とか時代のつごうとかいうものに。

そして、その中でも地味にひそかに炎が絶えないようにいろいろな良きものを創りだしてきたそういう人たちは確実にいる。

そういう良きものは確かに人間だけが創れるものだし永遠に消えない炎だが、消されやすい。

だからこそ謙虚に情熱を絶やさず、なるべく良きものを表現し、自然の秩序や美には決して追いつけないまま地球のスパンの中ではとても短い寿命を終えるのがいちばん真っ当だと思えてならない。

近所の花々

◎よしばな某月某日

食事中の方はここでいったんストップしてくださいね（としか言いようがない内容なのですよ……）！

朝起きたら、家の中なのに犬のうんこが落ちていて、そこにびっくりするほどたくさんの蟻がたかっていた。ギャー！　ここは外かよ！

花屋が休みで殺風景なので、家の中に一時的に入れていた植木鉢が原因だろうと思う。

それにしてもこんなこともあろうかと何回も確認して、消毒もして、蟻の影もなかったのに、あんなにたくさんひそんでいるなんてすごいなあ。これは、人類は虫には敵わないわ。敵わないから、やっぱり虫、食べもしないわ。

自然が好きとか言ってる場合じゃないので、さくさくと捨てる。

それで植木鉢を外に出して、ほうきであたりを掃いて、危険性のない植木鉢を植え替えて設置。むしろ精神的にへとへと。

さらに子どもが「僕のスーツケースが猫のトイレになってることに気づいてしまった」と言い出す。

調べて見たら、1度や2度じゃないトイレ度。

しかたなく中身を全部出してごしごし洗ったが、なんと奥から年末のバリで使った水着が発掘された。ひえええ。猫のおしっこ＆カビである。

3回洗ってやっときれいになった。それを干したらもうすっかり夕方だ。

家にいると、こういうふうに忙しい状態になる。

いちばん怖いことは、気づかないところで、家の中で静かにそっと、蟻は蟻で、猫は猫で、カビはカビで、こつこつと侵略を進めていたということで、気づかなければ、その期間はないのといっしょだということである。

これって他のジャンルでもありそう。借金とか浮気とか。


近所のスーパーで有名な「華けずり」という肉。そして「第三新生丸」の奥さんにおすすめだと教えてもらった「オーブンロースト用」という肉、牛も豚もある。1キロくらい買うのがコツだけれど、とにかく安い。それを求めて夫の車に乗せてもらっていくのが最近の日々のロマンである。

歩いていくにはちょっと遠いというのと、肉を1週間分何キロも買うから歩くと重くて泣きたくなるのだ。ついでにかぶとか重い根菜をつい買っちゃうし。

お店の人たちの感じの良さも尋常ではない。応援したいということに関してこんなにもはっきりとした指針を得ただけでも、このコロナ期間のいいところだったなと思う。ここは今後も徹底していきたい。

まさかこの年齢になってこんなに真剣に食事を作るとは思っていなかった。

あるものを全部並べてどうしたらかさが増すか毎日考えて、夢にまで見る。

ついこのあいだまで子どもなんてほとんど外食で帰ってこなくって、夫とふたりだからシャケとみそ汁と目玉焼きでいいや的な超楽な日々だったのだ。今は下手すると1日2食4人分作っている。しかもそこに高校生が含まれているからハンパなく食べる。

そうすると、作る場合の考え方が変わっていくのがわかる。ずるずるとつなぐ感じなのだ。そしてある意味料理がうまくなっていく。どこで失敗するかの因果関係がわかるようになってきたからだ。

まさか自分が1日の終わりに、流しとレンジをきれいにしてなにかをきちんと終えたらすがすがしい気持ちになるようになるなんて思ってもいなかった。

在庫をチェックしたり、明日届くものを確認して冷蔵庫がいっぱいにならないようにしたり、店みたいだ。……っていうか店ってほんとうに大変だろうということが前以上にわかった。

おかしいなあ、料理が下手だからクッキングパパ[*2]と結婚しようと思っていたのだが……でもそうしたら今頃マツコさんみたいになってるだろうな。あと、私は新聞記者（クッキングパパの荒岩さんの奥さまは文化部の記者）よりは全然忙しくないかも。

だから痩せないんだというのがよくよくわかっているのだが、育った家の感じがすでにしかたない。少ない量のものをみんなでわけあって遠慮しながらちまちまと食べるのがほんとうに苦手なのだ。だからなんでも多く作ってしまう。姉もそうだし、父もそうだった。品数が多いのではなく、大きな1品を作りがち。

植木鉢といっしょで、大きくしてしまうと植物はよく育ってしまう。

大量に作ると人はついそれを食べ切ってしまうのだった。

元自A隊のりんたんが、家をむちゃくちゃ安く借りて、自分で改装していいですかと聞いたら、もうどうせボロボロだから自分でなんとでもしていいと言われて、ものすごい規模で改装[*3]（この改装記は最高にスリリングですので、お時間があるときにできればみんな読んでみてください、びっくりします）して しまったら、大家さんが欲を出して家賃を上げようとしてきたという超本末転倒な話を聞いた。家がぴかぴかになったらいきなり欲が出るのもあからさますぎて正直すぎるが、まさかあそこまでやる技術があるとは知らなかったのだろう。ほんとうにすごい、あの人たち。できないことはない。だって最終的に重機を使って駐車場作ってたもん！

「ラ・プラーヤ」のエビの前菜

補い合って

◎今日のひとこと

菊地成孔さんがなにを作ってもどこか闇っぽくて暗くて切なくて甘い病みの世界の美を表現してしまうように、ビリー・アイリッシュがなにを歌おうと（たぶん、カーモンベイビーアメリカ♩でさえも）アンニュイな曲になってしまうように、湯浅政明監督がなにを撮っても、人の命が輝く瞬間の動きを描いてしまうように、村上春樹先生がどう書いても結果だれかが失踪したり井戸に入っちゃうように、なにをどう削っても出てきてしまうのがその人の本質だとして、そしてそれがない創作者はしょせんインチキだとして、それで

おもちゃのドイツパン

も毎日毎日書いていると「う〜ん、自分に飽きたな」と思うことは私にもあります。

もう少し論理的な文章が書けたらいいなあ、などなど。

でも、ふと周りを見回すと、近いところでは私の姉はちゃんと論理的に書けるや、じゃあいいや、となるわけです。この世のいろんな人が、自分のできないことをしてくれている。

だからそれでいいや、自分の占めている場所をたえず小さく深くカフェのように心地よく整えてあれば、と思うわけです。それしかできないのです。

自分にはこれができないからだめだ、もっとこうしなくちゃなんて言ってるひまは人生には実はありません。

小さく白い花たち

また、もっとこれができたらもっとスケールが大きくなって、あれもこれもできてあそこにもここにも家を持てるし、あんな人やこんな人とも親しくなって……などというのは、欲にすぎません。

欲って、単に3人いて1個のおまんじゅうがあるとき、なにも言わずにあるいは他の人がトイレに行ってる間に食べちゃうのと、どんなに規模が大きくなろうともほとんど変わらないものです。

◎どくだみちゃん

8割

そもそも自分はそんなに多くの人に会っていただろうか？

と思うと、

そうでもないよな、

とわかる。

会社に行っている人はたいへんだ、電車、駅、会社、どこにいっても人にまみれる。

その生き方を選んだ人は、確かに大勢の人に会うだろうなと思う。

人混みがあれば避け、人のいないほういないほうへと歩く。

かといって山奥に行きたいわけではない。

店が混んでいれば空いているところを探す。

だからいつもゆったりと座っていた。

人気があるお店だったら、予約してスペースを確保した。

だから減らしようがなかった。

近年行ったところで最高に混んでいるなと思ったのは、ルーブル美術館とサグラダファミリアの入場の列くらいだ。

それらの場所のようにどうしても行きたいところでなかったら、列には並ばないだろう。

　空いている東京は静かで、空気もよく、道の向こうには他の県があるんだと確かに理解できた。

　いつもだいたいダルい私は、翌日になってやっと昨日の幸せを味わう。

「あのときは眠かったけど、海がキラキラしてきれいだったな」

　とか、

「足が痛かったけど、あのレストランで出てきた肉おいしかったな」

　とか。

　そういうかみしめがのんびりできる期間だったような気がする。

　きっとこの世を去るときは、「最近肉体的にはかなりしんどかったけど、それが終わってからこんなに気持ちのよい場所で考えてみると、人生って全体的に超よかったな」と思うのだろう。

桜の古木

◎ふしばな

名言

清志郎のすばらしい本[*4]の中に、引用すると長くなるので大意だけを書くと、「子どもは一回作るとずっといるっていうのがすごい、遊びに来たらみんな帰るけれど、子どもは絶対帰らない」というようなものがあり、ほんとうにそうだ！　と思った。

ああ、清志郎は子どもさんたちが出ていくのを見る前に死んだんだな、とも。

でっかい子どもが休校でずっと家にいて、いつも私が休憩するソファに長くなってぐうぐう寝ているので、うたたねもできないし、好きな音楽を爆音でかけることもできないし、映画をＴＶ画面で観ることもできなくて、寝室で小さい画面で真っ暗な中で映画を観たりして、ふだんのひとり時間の自由さを思い知った。昼間は家全部が自分だけの空間だったのだなと。

でもちょっと手がいっぱいのときに宅配便を取ってくれたり、なにか買いに行くときに窓を開けっ放しで出たり、子どもが出るときはついでにアイスを頼んだり、毎朝明け方までそれぞれのことをして起きていたり、子どもというものがいつも家にいたことがすごく懐かしかった。

明け方に、子どもと親友の声とゲームの音がドアの向こうで響いている中でそうじをするのは、幸せとしか言いようがない時間だった。

最後の時間を神様がくれたんだろうと思う。

こんなときいつも思い出すのは矢野顕子さんの「ただいま。」という曲で、誰かと別れたことがあるひとりぐらしの人にとっては涙なくして聞けないであろう。

今回の騒動でよくわかった。

人は歳をとって居的なものをかまえたら、そんなに遠くに出かけたり気まぐれにひとりで暮らしたりしなくていい。仕事で遠くに行くことはあると思うが、そしてあくまで例外もたくさんあると思うが、とにかくなんでもかんでも基本はだいたい近所ですむ。

人に会う割合なんて減らさなくてもいいけど、自分の人生は近所8遠く2くらいがベストであろう。

身近な人には会おうと思えばそのへんで会える、そんな感じでいい。

前も書いたが、出会ったときに近くに住んでいるか遠くに住んでいるかはもうほとんど運命だろうと思う。

ただ、遠くに住んでいても仲間ということは、絶対あると思う。

その両方を満たすことをひとりの人物に求めるのは、完璧な伴侶を求めるくらい虚しい。「たまたまとなりにいたんで」くらいの結婚がいちばんうまくいくのはそういうことであろう。

仲間ばっかり集めて住んでみたコミューンというものが必ずモメだすのも、そういうことであろう。

デンマークに昔行ったとき、お年寄りはみんな確かほぼ無料で団地みたいな（ただし広くてすごくきれいな）ところに住んでいた。そして別の部屋の人と助け合って改装したり、新しい設備を付け足したりしていた。

たまたま同じ場所にいるけど、仲もいいけど、それがどうした？　みたいな感じ。そういうものだと思う。

家にいなくてはいけないというていになっていた期間、向かいの家に知ってる人たちが住んでいるのがとても嬉しかった。彼らは私と似たような映画を観たり、同じようなものを食べたり、世代も価値観もよく似ている。

かといってやたらに家に行きあったりもせず、てきとうに距離があって、でもお互いを頼もしく思っている。いろんなものがたくさん送られてきたら、淡々とおすそわけする。

こんな感じでいいんじゃないかな、と思う。

以前の震災のときに件のはっちゃんが、とりあえずうちと事務所を歩いてめぐって安否を確認しに来てくれたことや、いちはやくつながる公衆電話を確認し、ガソリンを入れてくれたことなどは、一生の思い出である。

「第三新生丸」のチキン南蛮

逆に言うと、今やはっちゃんが遠くに住んでいても、永遠に「友だち」でも「バイトの人」でもなく、「近所の人」である。

そういうものなのでは。

◎よしばな某月某日

自粛的な期間は終わっていないが、子どもがバイトに行き始めて、急に時間の流れが元に戻った。

この期間は子どもが家にいる最後のみっちり時間だったのだなあと思う。昼ごはんは食べる？　と聞き、「自分で買ってくる」というときもあり、あとはずっとすやすや寝ているかゲームをしているかだったのだが、いるといないでは大違いである。

親ってすごいものだなあ、と日々思う。親って子どものためにほとんどなんでもできる。

御察しの通り今回のできごとに関して、私は武田邦彦先生とかドイツ在住のYouTuberめいこ（美女！）とか伊勢白山道寄りである。だっておかしいもん、どう考えても。

かといって「ウィルスなんてない」とか「ウィルスに愛を送る」と思うほどひまじゃないので、「インフルエンザよりはちょっとヤバい菌が、多分作られたんだな」という事実は粛々と受け止め、消毒などもして（アルコール66なら時間を長く、77ならちょっとでいいくらいの厳密さとてきとうさ）、自分にできることを生涯こつこつするしかない。

それにしてもずっと来なかった定期便のトイレットペーパーがいきなり来るようになっ

たので、来ないことを見越して買ってしまったトイレットペーパーの山が崩れてきてトイレ掃除の最中に遭難した。これは……まさに因果応報、買いだめし過ぎた悪い人の末路だ（笑）！　おとぎばなしレベルにわかりやすい。

と思いながら窓の外を見ていたら、洗濯もの命のご夫婦のご主人が、昨日雨だったので干せなかったのだろう、晴れた今日あまりに干しすぎて枕を干しに出てきたときに上から下がっている他の洗濯ものに埋もれてほんとうに溺れてもがいていた。小さいベランダに何もかもを何重にもして干してあるからだ。これもまたすてきではあるが因果応報であろう。

今日が何日か読めばだいたい推測できると思うけれど、国民の全員が自粛はもういいか、と投げ出した日である。天気とか休日の終わりとかいろんなことがあいまって、人々の心の時計が勝手に決めたそのありさまは、ある意味すばらしかった。チップなんて入れなく

またも変な場所でのくつろぎ

てもいいと思う、その時計があれば。ない人だけ入れたらいいんだと思う。

聞いてくれ

◎今日のひとこと

「波よ聞いてくれ」[*5]というまんがを読んでいたのですが、出てくる人たちがほとんど私の中学生までの人生で行われていた会話のようなものすごい会話をしていて、胸がすく思いでした。

当時、周囲の他の地方から来た人たちが「大げんかしてる?」と心配し、「いや、ふつうだけど」みたいな、中国語会話を聞いたときのような反応をしたのをよく覚えています(笑)。

「吉本、おまえ、今日暗いな」

「猫が死んだんだってよ、そっとしとこう」

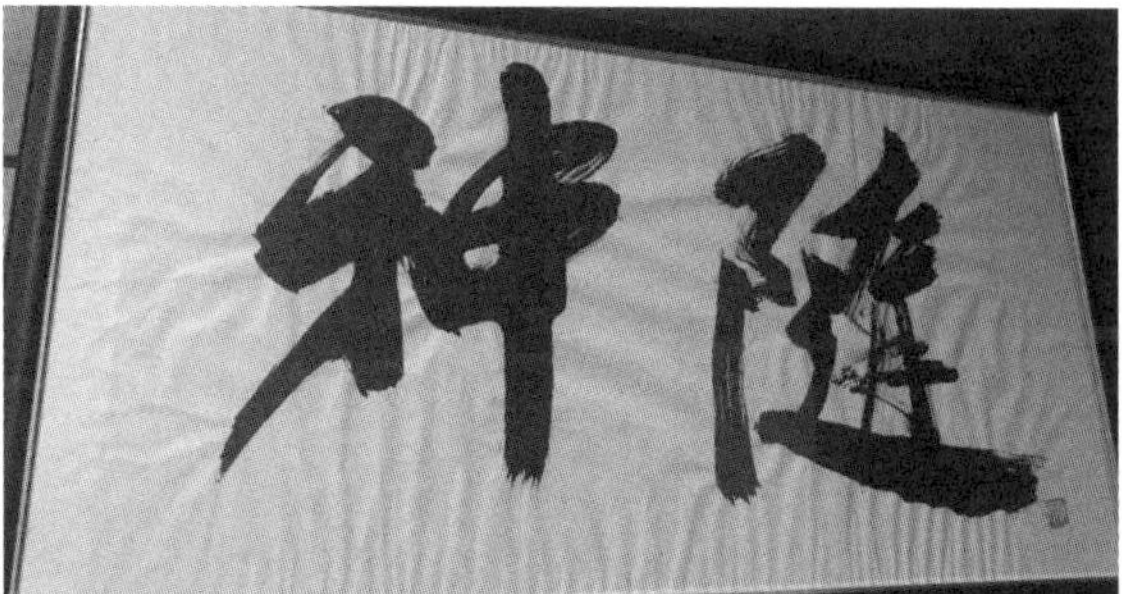

稲熊さんのすばらしい書

「そりゃしかたねえな、でも死なねえ猫はいねえからな」

まあ、こんな感じで、こちらも結果「うるせえ！」と黙らせたりね。

そうか、これでいいのかって。↑あらゆる意味でどう考えてもよくはないんですけど！

人はみな、多かれ少なかれ「こう思っちゃいけない」「こういうことは言っちゃいけない」「許さなくちゃ」「好きでいなくちゃ」などなどと思って生きているけれど、意外にそれは単にものごとを遠回りさせるだけなのかもな、と思うようになりました。人生も折りかえしたからでしょう。

話していて、「この人なりに思ったこと言ってるんだろうな、変だけど」と普通に思って受け入れることができる人もいるけれど、「なんだか通りが悪いな」という人もよくいます。

「なんか暑すぎてむかつくよな」と言ったとすると、「うん、でも夏がないと実りの秋が来ないから……感謝しなくちゃ」「クソ暑いとか、むかつくとか、あんまり言わないほうがいいって私は思ってます、言霊ってあるんですよ、つまりは自分の魂をののしってるみたいなものだから。脳は全ての言葉を自分のこととして聞くのですから」という答えが返ってくるみたいなズレというか。

まあ、それを聞いても「うっせーな」と思うだけなんですけどね。

むかつきながら、海に飛び込んだり、スイカ食べてやっぱり夏に感謝！　みたいなほうが、宇宙との回線の通りがいいような、そんな気がするんですよ。

うそをつかないというか、その場の真実を子どもみたいに語るというか。

それってすっとんきょうだったりエキセントリックなのではなくて、心は静かなんですよね、いつだって。だから言霊は決して悪くないと思います。

その程度なら無意識というか魂というか脳のほうは「またなんか言ってらあ、でも本気じゃないし、かわいいもんだね、楽しそう」と受け止めるような気が。

もう少し専門的に申しますと、脳というのは、言葉の文字面ではなく、その波動というか気配のほうを丸呑みするんですよね。

ほんとうに自分が思っていることと、口に出してることのギャップの方がよほど体に悪いような。

大好きだった元婦長さんと元外科医が、みんなが尊敬している元同僚の内科医の面会謝絶の部屋に堂々と、止められてもスタスタとふたりで入っていって、大声で話しかけて、またスタスタと出てきて、普通の顔で、「ど

玄関には花を。ラナンキュラスやバラや

う思った?」「うーん、相当悪いね、ありゃ。明日まではむりかな」なんて会話をしていた。まるで冷たくがさつみたいですけれど、彼女たちは決して、決してご家族とご本人の耳に入るところでは、そんなことを言わないんですよ。

ご家族にはちゃんと「ほんとうに会わせたい人は、すぐ呼んで」と小さな声でアドバイスをして、明日まではむりかもなんて言い方では決して言わなかったんです。

その反射神経というか、あり方こそが、繊細だしすばらしいなと思いました。

◎どくだみちゃん

眺める

炎が揺れる、ただそれだけを眺める。

飽きることはない。

風も吹いてないのに、炎は常にゆらいで色を変える。

だれも、どんなメディアを使っても決して再現できない瞬間の命。

水が流れる、そのしぶきが透明に光る。

ただそれだけのことなのに、同じ形は決してない。

感じることはできるし、他の形に置き換えて描くことはできる。

写真や映像を撮ることもできる。

でも最初に自分の目で見たその体験がなくては、それらを観ても決して心は動かない。

そんな簡単なことをなぜ忘れてしまうのだろう?

たとえば、魂の闇というキーワードひとつで、内容をほとんど理解せず、

「今自粛で家にいるこの期間がそれですね」

と

みなさんがおっしゃった。

違います、と私は答える。

魂の闇は外的要因とは関係ないのです、と。

自分の中のなにかをクリアするときの前夜のことなのです、と、

本文にはしっかり書いてある。

でも、読んでない。

自分のめがねを通して、解釈して、単純化して、レッテルを貼って、勝手に納得してしまう。

決してその人たちを責めているのではないし、失望しているのでもない。

そういうふうに現代の人の脳が作られてしまっていることがこわいだけだ。

動物映画＝涙とか。

戦争映画＝疎開先でいじめられるとか。

いちごと透明な皿

ホラー映画＝血みどろとか。
そんな世界を「実は違うところがあるよ」と言いたくて書いているので、
ただ眺めるように白紙の心で読む人たちがいるかぎり、
くりかえし何度でも書いていくしかない。

炎は、水は毎瞬新しい。
鈍ってはだめだ、慣れてはだめだ。
自分がたったひとつそれだけ持っている、命の輝きのために。

◎ふしばな

過程

お手伝いさんが消えてからもう数ヶ月が経つ。

そして私はついに悟った。こんまりさんのようにピカピカにするのではなく、そこそこゆるいのだが……そう、洗濯ものなんてただ丸めているだけだけどちゃんと自立するよ！

なんて言ってる場合でもなく。

最初の1ヶ月は、これまで溜まっていた謎の汚れが次々発見されたのと、自分でそうじがしやすいようにいろいろな調整をすることにけっこうな時間を費やした。

人にしてもらう場合は、なるべくホテルの部屋みたいになにもないのがいちばんだが、自分でするとなると、自分のつごうがいいようにすればいい。大違いなのだ。

初めは気になることが多すぎて、夜になっても「今時間があるうちにこれをやっとけば明日は楽かも」などと思うことが多かったのだが、コツをつかんだらだんだんゆるくなってきた。

そうじができとうになるっていうのももちろんそうなのだが、「1日のどこかでこれだけやっとけばいい」みたいな感じで、さらにちょうどそのタイミング（宇宙タイミング！）がやってくるようになってきた。


先日、兄貴[*6]の生配信を観ていたら、兄貴の名アシスタントのひろちゃんが「あんなにも人に時間を割いていて休める時間がないはずの兄貴には、必ずリラックスできる時間が用意されてるんです。神さまなのか、もちろん応援してくださるみなさんの力もあって、ありえない形でぽかんと時間ができるんです。それで兄貴はちゃんとリラックスすることができている。それがよくわかったんです」と言っていて、私は深く感動した。


そう、ちょうどよく動いていれば、ちょうどよくその時間がやってくるのだ。負担の少ない形で。

そのことがほんとうによくわかった。


そしていちばん理解したことが、そうじというのはすること以上に「見る」ことがいちばんだいじなのだということだ。

ほこりやごみでは死にはしない。

でも、家は、部屋は、見ていないとだめだ。ずっと死角になっているところ、あるいはいつも目の前にあるのに見てはいないところでなにかが起きる。

もしかして雨漏りか？　とか、アリはどこから侵入してくる？　とか、最近蜘蛛が減ったのはGが繁殖してるのでは？　とか、小虫がいるのはそうめんの箱の閉めが甘いのでは？　とか、靴がじめじめしてる感じがするから靴箱を大整理しないと、とかって、見ていないとわからないのだ。

ただルーチンで床をごしごししていても、家は管理できないのだ。

頭ではわかっていた。だから神経質にむだな力を使って見ていたのだろう。

今は部屋の中の違和感だけを感覚的に見逃さないようにしている感じだ。


さて、これを体に置き換えてみましょう。

すると、あちこちをよく見ている、違和感のある箇所をわかっておく、というだけで、「ある日倒れたらもう手遅れのがんだった」系の最期を迎えなくてすむような気がします。

でも、急に倒れて一巻の終わり、っていうのも、「少しでも長く知らないでいたい」場

キクラゲが大切

合は、いいんだと思います。

なんだか押入れの中がじめっとしてると思ってたら、Gの巣があった〜

とか、
夜中に物音がすると思ったら、ねずみが天井裏にいっぱいいる〜

とかと、それは全く同じことのように思います。

ギリギリまで、シロアリが家を食べつくしちゃうまで気づきたくない、っていう人もいても、それはそれでドリフ的でいいと思うし。

◎よしばな某月某日

とある映画を観てくれととある人に頼まれる。

これはまあ、よくある話だ。

リンクが送られてくるが、無料で観るためには個人情報を渡さなくてはならないことになっている。

それはもう、アウトだろう。

なのでムリだと伝える。

そうしたらとにかくなにも情報なしでいいようなリンクを取得するから、観てほしいという。

そのあたりでなんとなくもうアウトだと思うのだが、チラッと観てやるかと優しい気持ちで観始める。

まずロゴデザインが変。

最初に映画祭の模様が映し出されるが、客が言いしれなく変。舞台のデザインも変。

な〜んだ、宗教かと思う。

なんだその外人たち、絶対カンヌにはいね

えだろ〜。サンダンスにもいね〜な。

なんだ君たちのいろんなセンス。どこからどう観ても現代じゃないだろう！

しかもなんなんだ、この映画。学校の講堂で道徳の課外授業でむりやり見せられるやつだな。優良ですぐ100点取れる自分の感想文の字面まで思い出したわい。

「いっしょうけんめいまじめに生きていれば、かなしいことがあっても、幸せはやってくるんだと思いました。国の違いによる誤解も、はじめはどうしてもわかりあえなくても、愛を伝え続ければ、いつかは届くんだとわかりました。涙が止まりません。主人公の女性はほんとうにすばらしい生き方をしたと思います。どんなに日本に帰りたかったでしょうか。でも彼女は他の国の人たちを愛し、根づいて、愛を広げたのです」

という感じの作文を、昔、よく鼻くそほじりながら、ジュース1本買ってもらって、人の分まで書いていたものだよ。ちょっとバリエーションをつけて、依頼主の個性を若干盛り込んで。

まじめにアートを追求したり映画を撮ることに命をかけてる人たちをなめるんじゃありません！

しかも資金は潤沢そう。君たち全員、そう、注いだね！

ということで、永遠におさらばしてダッシュで逃げる。

好きに生きてくれ、でもどうかオレを巻き込まないでくれ。あと時間を奪わないように！

金輪際、こんなことに巻き込むなと強めに言ってみたけど、聞いてないんだろうなと思い、とりいそぎ個人LINEをブロックする。

ほんとうに、こういうのってやめてほしい。時間のむだだし、さらにいいことをしてるつもりだからどうにもならない。

まさか55歳にもなって、自分がナチュラルにジムシー[*7]になるとは思わなかった。毛が多いのでじゃまなのだが、ただ結ぶと頭が痛くなるし、なにもしないと前が見えなくなるから、てっぺんで軽く結ぶ。

もちろんこの人生、ラナになる気はしていなかったし、コナンほどの薄着になれる気もしていなかったが、意外だった。

「カルテット」における満島ひかりにも決してならず、鏡を見るとただジムシーが映っているこの驚き。

近所の大きな木

隠せはしない

◎今日のひとこと

「自粛期間に暇だったから絵を描いた」と運転バイトのはっちゃんの描いた絵の写真が送られてきたのです。蓮と、葉っぱの絵。

それを見たら、はっちゃんに会ったのと同じ気持ちになりました。大胆なところとかわいいところ、粘り強いところの混じり合う割合、ちょっとしたがんこさ、色の使い方、全てが彼を表していたんです。彼がたとえどんなに人格を隠していようとも（隠してないけど）、絵を見たらみんなわかる。

ということは、人はその姿を見せているだけで、道を歩いているだけで、ある程度全て

いわし巻き

を表現しているということなんですね。

17年くらい前に、と～ってもも有名な、アメリカ人の立派なお医者さんに出会いました。伝え聞くその行動の全てが、讃えられるものであり、すばらしいものだったので、楽しみにしていたのです。

でも、その人と奥様の目を見ると、どうしても気持ちが浮きたたない。どんどん気持ちが沈んでいく。パーティには政治家などもいて、かなりのお金が動いている様子。でも、全く力になりたい気持ちにならない。

その人の姿の中に、全てがあったのです。私が好きになれない、とてつもなく悲しい何かが。

「なんだか悲しくなることが多かったので、遠くから応援することにします」と交流をやんわりとお断りしたら、「私は悲しくない、この世で最も楽しい人間だ」みたいなメールが来て、それもまた悲しくなりました。

どうにも隠せない。読み取れる人だからということではなく、全部出して歩いている、それが人間だとしたら、とりつくろうほどむ

「第三新生丸」の名物ピザ

だなことはないです。

逆にとりつくろうことをひとつの職業、美学、人格にまで高めたのが、芸妓さんとも言えるでしょう。

◎どくだみちゃん

正直者

お客さんにもスタッフにも若者が比較的多いお店で、「おいしいですね」とか「玉ねぎが絶妙ですね」とかなにげなく話しかけると、

「うわ、このおばさま、話が止まらない系かな」という顔をされることが多い。

他の人がいる場合はそういうことはない。

ひとりで行った場合。

君、こんなに顔に出てしまって大丈夫か？　というくらい、当惑される。

きっといつも緊張してバイトしているのだろうし、フロアスタッフにはだれも話しかけたりしないのだろう。

まあ、でも、私もよく見る。窓口でえんえん話しているおばさまとか、お店でえんえん昔話をするおじいさまとか。

それで納得して、しばらく普通に黙ったり電話したりしていると、もうほんとうに、聞こえてくるくらいに露骨に、

「あ、このおばさん、大丈夫そう、ほっとした～」

という顔をする。

そして急にうち解けて、バイトの楽しさとか自分の境遇とかを話し始める。

こんなにしゃべっちゃって大丈夫か？　くらいに。

万が一、私が悪い人だったら、どうするん

だろう？　と人の子なのにちょっと心配になる。

いろんな意味で、正直でいいなとも思う。

まっすぐに育ってきたんだなって。


私の死んだ友だちは、若いとき、とてもおしゃれでいつもいろいろな工夫をしてきれいな色の服を着ていた。

晩年に武道館でばったり会ったとき、全体的によれよれで（もう病気だったから、身ぎれいにできなくなっていたんだと思う）、ちゃんときれいな服を着ているし元気なんだけれど、ちょっとホームレスが入ってるというか、ぎょっとする雰囲気になっていた。うんと長く家から出ていない人特有のだらしなさというか。

その頃彼女は家の近所にひとりで晩ごはんを食べに行って、他のお客さんに話しかけるからお店を出禁になったとか、足が痛くて雨の中立ち往生してもだれも助けてくれなかったとか、悲しい話をいくつか聞いた。

どんな姿でも、ひとり暮らしで何日も人としゃべってなくても、しゃべりだしたら止まらなくなったとしても。

あのとき、ぎょっとしたまま少し避けたりしなくてほんとうによかったと思う。

なんでもわかっちゃう人だったので、傷ついただろうと思う。

私は、家を出なくなった彼女が遠くまでライブを見に来たことが嬉しくて、ただただ嬉しい顔ができた。

ほんと、あのときの自分をほめてあげたい。


正直な人は、いろんなところにぶつかる。

正直なままだと、変なことに巻き込まれたり、だまされたりもする。

それでも正直が近道なことのほうが多い。

それだけが救い。


あの日、ひたすらに正直な私が「このかっこうで外に出てきたんだ、まるで家のようだな」と彼女に思いながらも、やっぱり嬉しかったことを素直に表に出せて、よかったのだ。


全部顔に出るバイトの子たちも、生きていく上で「いい人だと思ったのに叱られた」とか「実は大泥棒だった、あの常連さん」とか、いろんなものを見聞きするのだろう。

そしてちょっとずつ、正直の中に深みが生まれる。

ゆっくり育っていけばいいいし、安全だといいと思う。

正直者はほんとうにバカを見る。
信じては裏切られたり、だまされては大金を取られたり。
でも、正直者が経験により、ほんの少しあざとくなり、
「待てよ、期限ぎりぎりまで振り込まないでおこう」とか、
「ほんとうに良い人かわからないから、本名は名乗らずにいよう」とか、
ある線を越える光景を見るのは、少しだけ切ない。

太陽の下で、ずっと笑っていてほしかったな。

そんなことありえないのがこの地上だが。

8年くらい前、青島の橋の近くのかんかん照りの道端で、ソテツの種を買った。

おばさんは私の手に種をそっとにぎらせながら、

「長く時間がかかっても、絶対に芽が出るから、あきらめないで、捨てないでくださいね」

と言った。

でも、まだ、出ないんだけど。

あのとき、青い空の下で、はるかに岩が連なる鬼の洗濯板と呼ばれる不思議な景色の前で、
私たちは正直だったな、お互いに。

今もそう信じている。

通りすがりのお店の前の花たち

◎ふしばな
小林よしのりさんと萩尾望都さんと堀北真希さん

前にもここで書いたけれど、AKB48について まんがに描いていた小林よしのりさんが

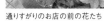

TVに出ていて、そのまんがについていろいろ語っていたのを観た。

昔から彼をTVで観るたびに、あんなにも劇画タッチでご自身をまんがに描いているのに、そんなにそっくりじゃないなあ、まんがの中では過激ではっきりものを言うけれど、実際はソフトな感じで声も優しいし、表現者ってそういうものなのかもしれないなと思った。

私もこういうところではむちゃくちゃ言っているが、シャイな局面ではとことんシャイだから。

しかし、女性のアナウンサーが画面に流れる彼のまんがを紹介すべく朗読していたら、彼はぽつりと、

「う〜む、わしがアホなのか、読み方がうまいのか」

と言った。

その瞬間、言い方も顔もまさに彼のまんがの中に出てくる彼で、そうか！　と思った。人ってその本質を作品の中で隠せないのだ、やっぱり。漏れ出してくるし、溶け出してくる。

萩尾望都先生は超お嬢さまで、上品で、おっとりした話し方をなさるし、作品とは違うのかな？　と初めは思う。

しかしたまに、ほんとうに100回に1回くらいなんだけれど、エドガーとしか言いようがない発言やまなざしをするのだ。ドキッとするほど鋭く、美しく、はっきりしている。

ああ、あの人はこの人そのものなんだ、といつも感じる。

私のどこひとつとっても、堀北真希さんに似ていないことは誰よりも自分がよ〜〜〜くわかっているけれど、「アルゼンチンババア」という映画で主役を演じたとき、他の場面では彼女はずっと彼女自身だし、さらに小説のほうではなく脚本上の主人公なんだけれど、なぜか、堀北真希さんがやけ酒を飲む、そのときの動き方だけが、ぞっとするほど私に似ているのだ。

その時点では私と堀北さんはまだ会っていなかったのに。

女優さんというものの勘のすごさと、作品を読んだだけで動きが伝わってしまうことと、そのふたつにぞっとした。

主人公だって別に私自身ではないのに、なにかが隠せないのである。

作るとか表現するって、どうしても本人が出てしまうというのは、そういうことなんだなと思う。

マヌカの花

◎よしばな某月某日

子どもが帰ってくるなり「テラスハウスのレスリングの人が死んだ」と言った。

比較的うちの近所で撮影されている「テラスハウス」。家族で仲良く観ていたのに、もう明るい気持ちでは観られないのが悲しい。

以前の日記でも書いたが、近所のサンカツというスーパーの名物おばちゃんが出てきたくらいだから、ほんとうに近所で展開していたんだよなあ。それはすっごくいい回だった。

まんが家の青年が自分のまんがが初めて載った雑誌を買いに行って、ここに僕のまんがが載ってるんです、と言うと、「おばさん、応援するわね、みんなに伝えるわ」と言ってくれるという。そして彼が泣くという、神回だった。

ちなみにありとあらゆる階層のイタリア人を見慣れた私は、最初に彼が出てきたとき「一見モデル風だが、オタクだな！」と思った。イタリア人のイケてるパリピの人なんてもう、あまりにすごすぎて吹っ切れ過ぎていて近づけないくらいだからだ。絶対に日本語なんて学ばない。彼らはイタリア語さえあやしいほど吹っ切れているんだから。

そして彼はとってもいいまんがを描いています。

花ちゃんは繊細そうだけれど、家族と仲が良さそうだし、プロレス仲間ともつながっているし、大丈夫だろう、せめて卒業するくらいだろうと思っていたけれど、ピュアって美しい反面おそろしい。彼女は冗談とか融通がきかないくらいにピュアだったのだろう。

ずっとかわいくて応援していたのに、残念

だった。人に会えないし、運動もできないという自粛の時期がまた悪かったのだろう。

最後に観た回で「コロナ騒ぎで試合がみんなキャンセルになっちゃって」と言っていたのが悲しすぎた。

決して笑ってはいけないことには変わりないのだが、同じく2019からの東京編に出ている、なにがどうなってもポジティブに気に入った子に迫り続けるIT社長がいるんだけれど、彼が亡くなった花さんのTwitterに「俺なんてもっとすごいこと言われてるぞ、花なんてまだまだだ、元気出せ！」みたいなことを書きながら、自分に届いた誹謗中傷のTweetを貼りつけていたのだが、これがまたほんとうに桁違いにひどくって、笑うしかないくらいだった。ううむ、こういうメンタリティがないと、もはやフラれているに限りなく近い状況で女性に迫れないよな、さすがだと頼もしく思った。

でもこの世はそんな頼もしい人ばかりじゃないから……。

若い人が死ぬのは悲しいし、弱っているときってちょっとしたことがひと押しになってしまうんだよなあ。

そしてとても残酷な事実だが、その一点において、やはり彼は社長だし、彼女は真の戦士ではなかったのだろう。

私も自分に関係ない姉の借金を背負わされそうになったときは、「こんなことが一生続くならもう死にたい」と一瞬思ってしまった(解決しました)。そのときにたまたまいたのがさすが自A隊出身のりんたんだったので、むやみにはげまされてすぐ立ち直ったが、人間は弱いところをつかれるとほんとうにキツい。行き止まりの狭い道に入っていくような感覚になるものだ。それは、だれもが同じだと思う。

花ちゃんは画面の中で子どもっぽく、未熟だったかもしれないが、若い人がだれでも通る道だったのにねえ、とおじいさんは思った。

死なないでほしかった、ただただ切ない時代だなあ、と。

この期間は、だれがなんと言っても、ふだん応援しているお店のテイクアウトとランチに各店順番に通った。別に使命感などではなく、なくなると困るからだ。

生活ってそういうものじゃないのだろうか？　と思う。下町魂とも言える。

気をつけなかったわけでもないし、自覚を失っていたわけではない。

自分の生活は自分でしか支えられないからだ。助成金とか給付金はとても助けになるが、これからの人生に必要な場所は大切にしなくてはいけない。

これがエボラとかだったら、そもそも店も開かないですし！

その判断をしたことに、悔いはない。

逆に、そういう自覚がある生活をするのがこれからの時代の豊かさだなと思う。

チップ制度ができてからUberの人がとってもていねいになったのも、時代だわ〜！

毎日のように朝まで仕事をしながら兄貴の生配信を観ていて、まるでバリにいるみたいだ。

兄貴の声がずっと耳に響いたまま寝る感じ

とか、明け方に鳥の声と共に寝る感じとか、よれよれすぎて逆にハイみたいな感じとか。

兄貴も、アシスタントのみなさんも、まるで自分たちが楽しいかのようにやってくださっているし実際に楽しいところもたくさんあると思うけれど、日本がピンチだからこそやってくれているんだろうなって思うと、すごくありがたい。

昨日も「日本はこれから自殺、増えると思います」っておっしゃっていて、ああ、ちゃんと把握しているんだ、兄貴はと思った。

やっぱり下町魂、大切にしたい。

違う言い方をすれば、近年の社会で「こうしなさい」「このほうが安心だよ」と言われてきた方向と逆をいくしかない。

高台からの景色

好きなことだけじゃ

◎今日のひとこと

三砂ちづるさんは才女でキュートで姉御肌で、ほんとうにすてきなかっこいい人なのです。全体的にちっさいところがまた超かわいいのです。

ブラジル帰りだから、ハワイアンズに行ってもビキニを着ちゃうのです！　いいなあ、生徒さんたち、こんな先生がいつも人生を見守ってくれているなんて。

いつか私が腰を痛めていたら、三砂さんがすっとんできて腰痛にいい体操を教えてくれたのですが、ちょうどそのとき彼女のものす

食べられるお花のスープ（ゼリー仕立てでした）

ごいイケメンの息子さんが近所を通りかかっているのがわかり、彼が私たちのいる部屋ににこにこしながらやってきました。そして三砂さんを見て、

「ママ、なんでそんなに髪の毛が乱れてんの、とかしたら」と言いました。

「今動いてたからね」と三砂さんは言って、髪の毛を整えました。

なんか、いいなあと思いました。

こんなにすごい三砂さんが、息子さんの言うことを聞いてさっと髪の毛を整えている、それがすてきだなと。

必要以上に「女」じゃないけど、「おっかさん」でもない。

あのときからずっと、あんな親子でいられたらいいなあと思っています。


私はフェニミストというよりはもはや宇宙人で（仕事をしてきて差別はびっくりするほどたくさん受けてきました）、女性というよりはもはやおじいさんで、男の人が女の人の髪型や服装をどうこう言うなんてへでもないと思っていますが、そして好きに生きよう、

チューリップたち

もういい歳だしと開き直ってもいますが、あのときの息子さんの「ママってきれいでいてほしいんだよね」という小さい男の子の頃が見えるようなまなざしとか、はいはいと聞いてあげる三砂さんのお母さんの顔とか、ああいうことは「好きじゃないな、男女の差別とかお母さんらしさにこだわるのって」なんて決して言えない、大きなものに包まれていたなって思うのです。

◎どくだみちゃん

解せない

批判でもクレームでもなくて、
ほんとうに、理解できないのだ。昔、私は自分のことを子どもっぽい大人だと思っていた。しかし今や、宇宙人だと思わないと説明がつかないことが多すぎる。

開店したばかりだと混んでいるかなと思って、

しばらくしてからとあるもののテイクアウト専門店に寄った。

とあるものの名前が大きく看板に書いてある。

入り口を立ち飲みの人たちがふさいでいたので、すみません、と言って
店の中に入った。
なじみのお兄さんがいた。
近所の店で鉄板焼きをすごくうまく焼いていたお兄さんだった。焼いていた当時のお店には10回以上行ってる。
私はマスクをしていたので、よく会う私だ

とはわからなかったのだろう。

だからこそ真実を見ることができたのだが。

店が開いている。店に入る。

驚いた顔で「なんですか？」と言われる。

店なんじゃないの？

「〇〇はありますか？」と看板に出ている店名の商品の名を問うと、私を店から押し出す感じでお兄さんが、

「ないですよ、今は中ではやってないの。今日のはもう売り切れ」

といやそうに言う。

意味がわからない。

私がもしかしたら初見かもしれないマスクをした怪しい中年だということはわかるが、〇〇を売りたいから店を出したのではないのか？

〇〇を買いに来た人がいて、売り切れていたら他に言うことがなにかあるんじゃないのか？

それとも売りたくないのか？

売り切れるほどの店に夕方来るなんて遅いって意味？

私が私（職業含め）だとわかっているときは、にこにこして店の外まで見送りにくるような人だったので、
かなりショックを受けた。

その全く違うあり方に。

でも、こういうことって最近ほんとうに多い。

決して慣れたくはないし、受け入れたくもない。

書店で私の本を手にとって大切そうにレジに向かう人を見ると、それがどんなにひきこもりっぽいお兄さんでも、リスカしてそうな暗いJKでも、おがみたくなる。もっと言うと、抱きつきたい。どんなに自分がへとへとなときでも。

今夜、あの人の家で私の本がなにか明るいものを発揮しますようにと心から祈る。

あの気持ちがなくて、商売をしようと思うなんて、ほんとうにすごいことだ。

じゃあなんのためにお店をやるのか、理解できない。

そして差別される側の人たちを思う。

ゲイだったり、有色だったり、体が不自由だったり。

はれものに触るように、あるいは過剰に反応されることに慣れざるをえない人たち。日本人だというだけで、お店に入ってもトイレの近くの席を案内されることは、韓国やヨーロッパではよくある。

その人たちが受けてきたああいう視線や、悲しい死や、出かけることがいやになってしまうような体験のために、祈りを捧げる。星より明るい光をもって。

そして「その日はたまたま忙しかったから」「○○さんだとわからなかったから」などという言い訳を受け入れることは決してすまいと思う。許さないとか憎むとかではなくて、縁がないなというだけ。

私もそういう過ちを犯したことはあるし、これからもあるだろう。

私がやらかしたから離れていった人だって

いっぱいいる。

だから、私も素直に縁をあきらめる。

うっかりと一期一会の本質を見失った私が悪かったな、と思うようにする。

厳しいのでも、狭いのでもない。

時間がもったいないのだ。


もし自分がたまたま地球に滞在している他の星の宇宙人だったら、と思って生きていこう。

どんな地球人と過ごしたいか、とだけ。

そしてますます首をかしげるだろう。

看板を出しているのに、来ないでほしい？

いったいどういう星なのだろう？

ＢＯＳＳのＣＭか？　クイズみたいになってる？　地球人の人生はデフォルトで謎解き仕立てなのか？

ローズマリーの花

◎ふしばな
好きなことっていう単語

そうは言ってもオレだって腐っても物書き（腐ってないけど）、分析してみるに、そういうお店の人（常連さんがいっぱいで入口をふさいでいるような）って、「まずは自分が思い切り楽しんでいれば、結果がついてくる」的な考えなのではないかな？　と思う。

部活の延長というか、友だちの友だちを呼んでわいわいやっていれば、友だちの友だちも来て、楽しくてかっこいいお店だと言われて、なんとかやっていけるだろうと。

いや、やっていければそれでいいと思うけど、もちろん。

おじいさんはやっぱり思う。世の中はそこまでは甘くないんじゃないかなって。

私は私の読者のために書いている。でも、読者以外は読めないような謎の暗号とか符牒とか使っていない。むしろ使わないようにしている。

小商いというのは、最初から人数をしぼっていくのではなく、ある考えを打ち出していくうちにしぼられていったということが重要なのではないか？　と思う。

私は小商いは狙っているがサロンは狙ってない。

しかし、彼のお店のようなお店は、後者なのだろう。

つまり、考え方が違うから行かなくてもいいということだから、わかってよかったのだ。

じゃあ、何が引っかかるのだろう？

と思うと、多様性の問題があるからだと感じる。

決まった人、決まったメンバー、全く意外性のない店作りの中には、多様性が生む可能性というものがない。知らないものを見たいという好奇心がない。

そうか、もうそういうものはなくていいと信じている世代が誕生したのか。

これは……ほんとうに未来が良くなる可能性は少ないかもしれないな。


好きなことしかしない系の人だと思われている私だが、そんなことはない。

簡単にたとえると、さやえんどうの筋を取るのとか、ミニトマトのへたを取るのなんて大嫌いだ。時間のムダというか、やたらに多いというか。

枝についたままの枝豆を食べるのもめんどうくさい。

しかし、「そのほうがおいしいから」という好きなことの前に、嫌いなことなんて吹っ飛んでしまう、それだけだ。

そのうち、嫌いなことの中に妙な楽しみを見つけ出したりもできる。

そのほうが豊かじゃん？　みたいな、てきとうな考え。

その代わり、真冬に水で野菜をがんばって洗ったりはしない。冷たい水に放っておいて、最後だけ手を使えばいいじゃんと思っている。


好きなことばかりやってると、その好きなことの中にもいちばん低い部分が出てきて、全体が小さくなる。その小さくなって閉じ込められる感じが、苦手なだけだ。

区役所に行って煩雑な手続きをする、そんなことは大嫌いだが、帰りにドーナツ食べようと思うと、やる気になる。子どものようなごほうび思考なだけか。でもそれは最強。なんだって「都度」が最強。

ぽっかり大きいチューリップ

◎よしばな某月某日

いやな目にあったから、それを書いてる、それだけじゃん！　とよく思われるんだけれど、ダメージは多少あれど、その感情はもっと透明なのだ。

なんでそんなことをする？　なににつながる？

それが全くわからないだけなのだ。

なんでわざわざそんなことを？　という。

エプスタインのドキュメンタリーをしみじみと見た。さすがにカニバリズムとかまでは言及していなかったが、チラッ、チラッとそんな話も出てくる。

名作（まだ途中だけど）「ベアゲルター[*8]」そのものではないか。

幹細胞培養上清液でさえ体が受けつけなかった私、アドレノクロムもだめだとは思うが、若くなりたい気持ちとか健康でいたい気持ちってそんなにも強く大きなものなのかな？　と素人みたいな感想を持つ。関連でいちばん怖かったのはあっというまに削除されたことで有名なマコーレ・カルキンのインタビューだ。身の毛もよだつ内容だったが、今や掘ってもネットではなかなか出てこない。彼が今生きていることだけで、すごいと思う。

私もハリウッドであの有名なつかまった人にレイプぎりぎりでダッシュで逃げて役を失った友だち（凛子ちゃんではないです）がいるので、その闇深さはうっすらと知っていたけれど。

お金が大〜きく動くところには、近づかないほうがいいってことだな。

そして人は顔が全て。顔に全部出る。

さっき友だちとランチをしていて、とあるスピリチュアルの人の顔（健先生ではない）がまず信用できない、と私が言い、顔が載っている本の表紙を検索して見せた。

友だち「キモっ」

いっちゃん「こういう質感の人っていますよね〜！」

それで話はすっかり終わり。これがいちばん。

私の自宅はどの駅からも遠いちょっとへんぴなところにあるんだけれど、徒歩圏内にある世田谷代田の駅のそばに文化的な「BONUS TRACK」という小さなモールができた。

「頼むから普通のスーパーを1軒入れて」というようなしゃれた作りで、たまにお弁当を買いに遠征するんだけれど、なぜか真夏日の炎天下に若い人が悲痛な顔でわざわざ草むしりをしていた。これはエクステリアを整えるために各店舗がスタッフをひとり提出する系の企画だな。私もよくやったけど。

なぜ午前中か夕方近くにしない？　だれかひとり年長者がいれば、いや、もうちょっと言うとまともに考えられる人がいれば、こんな企画はないのではと思いながら汗だくで使命感に満ちて草をむしる若者たちのわきを通る。

サンカツ（ヤマザキYショップの名物店舗）のおばちゃんに会ったので、すごい街ができましたねと言ったら、「さっき見たらものすごい人出。もはや危険よ！」と言っていた。自粛期間が明けた日曜日だししかたないかもね〜、と言って微笑み合う。

ロバートの秋山さんがコントで高級食パン屋の店長をやっていて最高だったが、実際、私は心から飽きた。あの食パンたちに。たまにならいい。でも、いつも食べるものではない。湯種だろうがクリームだろうが、なにをどうやっても飽きてしまった。

パリで買い食いするクロワッサンとかバゲットって、やっぱり毎日食べるような味にちゃんとできてるんだな〜、というのが実感だ。

そんなとき、GET WELL SOON[*9]のパンを取り寄せる。冷蔵庫でもバッチリ日持ちするし、それを霧吹きをかけて焼けば完璧に味が再現される、しみじみと粉がおいしいパンだ。

しみじみと地味でおいしいけど、自分では作れない技術がある。それが大切な感じがして、めぐりあいに感謝している。

時間指定どおりについた無骨な箱を開けると、飾り気のない姿の良いパンとパイがちょこんと入っている。おまけも入ってた。いちじくのパンだった。耐えきれずつまみぐいをして満腹になるも幸せを感じる。遠くからこういうのを取り寄せられるところが、現代ってすばらしい。

チューリップとアタシ

となりの世界

◎今日のひとこと

とっても若い頃に、ユーミンさんと対談をしたことがあります。

何回か書いたことなのですが、「自分のファン以外の人にどれだけ影響力を持ってるかどうかが、大切なんだ」とおっしゃっていたのがとても印象的で、トップを走り続けてきた尊敬するユーミンさんに「オラは違うだ」とは言えず、ただうなずいていたのですが。

そしてそのときに聞いたユーミンさんの黒木香のものまねを一生心に抱いていく所存なのでございますが！

何となく写した包み紙のデザイン

じゃ、オラはどう違う……？

それは、読者の数を選びたいということでは決してないのです。そのとき、必要な人にちゃんと届くといい、それにつきます。

そして必要でない人の割合があまりにも多くなってしまうと、一時的には収入も増えるし嬉しいかもしれないけれど、結果的に雑事が増えて、「安定して書けなくなる、落ち着いて書く時間が減る」そんな気がしたのです。そこから自分を守り続けなくては、とがんこに書いてきて今に至ります。


これもまたとっても若い頃に、工藤静香さんがTVで「この本が大好きです」って私の本を持っておっしゃってくださり、私は工藤さんが大好きだし、今でもたまにカラオケで歌うほどなのですが、そしてそのときの工藤さんには私の小説が確かに必要だったのだと思うのですが、工藤さんのファンの方たちがいっせいに読んでくださったとして、その方たちに私の小説は必要なのだろうか？　となんとなく思ったことがあります。

必要でないことって、きっとつながってい

月あかり

かないだろうなあって。

でも、工藤さんがその才能で希望や愛や夢を与えているのはご家族だけじゃなくって、明らかに私の住んでいない世界の、でもとっても多くの人で、その世界が一瞬でも交わったことがとっても嬉しいなとも思いました。

いろんな世界があり、いろんなこだわりがそれぞれにあり、そうしてたまにちょっと交わったりすれ違ったりしながら、お互いを認め合う、そんな多様性こそが人間の世界の美しさだなって思います。

◎どくだみちゃん

パラレルワールドの私たち

引越し屋のそのお兄さんは、面白い人だったが、かなりてきとうだった。

「このスライド式の棚、炊飯器をここに入れて使うなら、ファンをセットしないと天井がすぐやられますよ、うちのおふくろがそうだったんで」などと教えてくれたり、

かと思うと壁紙をうっかり剝がしちゃったり、

超不安定な脚立の上に乗って、なんとか電球を交換してくれたり、

うちの子どもが引っ越し日にインフルエンザ真っ最中だったら、「マジか！　あんまり側に来るなよ」と言っていたり。

なので、それなりに楽しく、それなりにてきとうに過ごしていたのだが、

「この家、変わったものが多いですよね。ご主人の服も、変わってるし。いったいなんの

職業なんですか？　おふたりは」

と言うので、当ててみてと言ったら、

「う〜ん、ズバリ、奥さんは雑貨屋！　ご主人はアウトドアのお仕事でしょう」

と言われた。


たまに、ぼんやりと夢見てみる。パラレルワールドの私たちを。

雑貨の買いつけにいろいろな国に行く私。外国の郵便局で苦心して手配した荷物の中の置物がこちらについたとき割れちゃっていたりとか。

実店舗は超小さく、人件費を節約するために自分が店番。買いつけのときだけ人を頼む。キッチュな感じの店内の一角にはなぜか夫プロデュースのアウトドアグッズが。むちゃくちゃ軽いポーチだとか、ゴアテックスのジャケットだとか、最低限の重さで20ℓ入るバックパックだとか。

「次はエベレストのふもとめぐりか〜、気を

はみ出すサボテンからのひょっこり

つけて行ってきてね。」

なんて送り出したり。

「今は高地順応のためナムチェバザールで休んでます」

なんて電話をもらったり。

「帰りでいいから、ナムチェバザールのメインストリートの雑貨屋さんできれいなストールがあったらいくつか買ってきて」

なんてお願いしたり。


それはそれで楽しそうな夫婦なので、やはりこの組み合わせでよかったのだろう、と奇妙に納得した。

◎ふしばな
心が動くとき

街に出て、ほんとうにかわいらしい子どもが……たとえば「おばさん、犬触ってもいいですか？　嚙まない？」と素直に話しかけてきて、いいよ〜、嚙まないから大丈夫だよ、と抱っこして犬を触らせていると、お母さんがきて、「私もいいですか？」といっしょに犬を撫でて、ふたりとも満面の笑みでにこにこしているとか。

ものすごくきれいな庭があって、うっとりのぞき込んでいたら、「今は紫陽花がさかりなんですよ。この色、珍しいでしょう？　気づいてくれて嬉しいわ」なんて家の人に話しかけてもらったり。

ひとりでカウンター席に座ってなにか食べ

ていると、「すみません！　鶏肉今売り切れちゃって、豚でもいいですか？」なんて言われて、「いいですよ」と言うと、「おいしく作りますから！」と言われたり。あるいは無愛想な板さんなんだけれど、「おいしい！」と言うとにっこりしたり。

人って、そんなようなことを求めて街に出るのではないだろうか。

そして、その逆で、転んだり、変な人に言いがかりをつけられたり、買ったものがハズレだったり、忘れ物をして炎天下を家まで戻ったり、そんなことがあるからこそ、心動く楽しいことがいっそう楽しく美しくなって、街っていいなあ、人類っていいところあるなあ、と思うものなのではないだろうか。

20年前くらいから、少しずつ少しずつ、しかし確実に、街に出て単に楽しく心動くことが減っていったような気がする。なにもないと、楽しくもない。ただ歩いて帰ってくる。和むものは決してなくなってはいない。ただ、すごく少なくなっている。だから遠くの気の合う人とやりとりして、心の明るさを保つようになった。通信が発達していなかったら、かなり味気ない毎日だっただろうと思う。

これは、自分が時代に遅れただけかもね、と思ってしまいがちなのだが、たまにバリ島に行くと、街中が動いているので感動する。なんてことない1日の普通の街角なのに、全然違う。店の人も客引きもみんなそこにちゃんといて、いいことを言ったりつまんないことを言ったりしてる。道がでこぼこしてて、お姉さんはわざとおつりを間違えたり、あるいは異様に厳密に計算を見せてくれたり、自分の店の商品が誇らしげだったり、自分がきれいな服を着て流行りのそこで働いているのが自慢だったり。

街の音ががちゃがちゃしているのに、きれいで楽しい旋律を奏でているのだ。

帰ってくるとあまりにいろんな刺激に触れすぎてへとへとになり、部屋の中の異様な静けさが自分をじわっと癒すのがわかる。聞こえるのは鳥の声、とかげの鳴き声だけ。

このメリハリが心に栄養をぐんぐん与えているのがわかるのだ。

それはバリが日本より遅れてるからでは？と思って、自然の少ないローマだのソウルだの台北だのバルセロナだのに行っても、同じ感じだ。

バオバブ

人々の営みが出している「ぐお～」とも「ぐわ～ん」とも聞き取れる街の勢いの音が、東京ではしないのである。

大阪や名古屋や博多では朝のうちならまだ聞こえる。

あの音が止んだ都市は、きっともう死んで

いくだけなのだろう。

私のふるさと東京が生き返ることを、私が生きているうちに望めるといいなと思う。

◎よしばな某月某日

みなさんも飽きたでしょう、私ももう飽きたのです、このタイプのことを書くの。でも、これって何かだなと思ってやっぱり書いてしまうのが小説家根性。というか、私がこれから生涯かけて戦っていくものって、テロでもないし（私にはそんなに力がないし、おどされたらすぐに逃げ出しちゃうから）、陰謀論とかカバールでもなく、全員チップを入れられることでも（入れないけど）なくって、そのうんと末端にあるこの感じなのだなと思うから仕方がない。


自粛期間も明け、息子の買い物につきあってリンゴの店に行く。

「店内の入場は制限されています。まずこちらとあちらにふたつの列があります。こちらの列はご予約の方の列。ご予約してますか？」と謎の敬語で言われ、「してません」と言ったら、「それではあちらの列に並んでください。あちらの列は、お話を聞く列です。列に並んでいただいて、順番が来たら、本日なにをしにいらしたかをお話ししていただきます。それでもしお話が成り立っても、お店に入れるかどうかはわかりません。1時間くらいかかる場合もあります。それでも並ばれますか？」いっそひとこと「帰れ！」と言ってもらった方が早いような気が。

それで熱を測ったりいろいろして、ちょっ

と並んでいたら「本日のご用件は！」と明るい青年がやってきた。「板のプロの小さいほうを買いたいんですが」と息子が言う。買うとなるとがぜん笑顔の彼が、「今からふたつのショートメッセージを出します。ひとつめは受付をしたというものです。もうひとつは、そろそろお店に戻ってくださいというものです。なので、ふたつめが来るまでは自由にお過ごしください。ふたつめのメッセージが来たら、戻ってきて、予約済みのあちらの列に並んでください。それでも1時間ほどかかる場合もあります」

私がおじいさんだからなのかもしれないが、10万円以上のものを買うのに、こんな目に遭うなんて、すごい殿様がたくさんいる世の中なんだねと思う。

結局ふたつめのメッセージは来なくて、てきとうに戻ってきとうに並んで、息子はお店に入った。

そのあと、近所のビルの中の天ぷら屋で定食を食べた。もう時間がなかったので、飛び込みで。

その天ぷら屋に似た名前の天ぷら屋は某地方ではすごく有名で、いつも大にぎわいのところをテレビで見たことがある。新鮮なものをカウンターで安く提供して大人気という感じで、カリスマ的な店長さんがインタビューに答えたりしていた。

まあ、そのインスパイアというかリスペクトというか、「か〇〇〇と味のH」のような（なんとなくやばすぎて詳しく書けない。そして私の見たところ、入っているだしの量は明らかにHのほうが多い）、そういう成り立ちのお店。

　薄〜い肉をピーマンと組み合わせたりして、努力している。ちょっと油が古いけれど、揚げ方もそんなに悪くない。そして安くもないけど高くもない。

　でも、素材含め全てが死んでいる。ああ、えび天のえびって死んだえびなんだなって生まれて初めてしみじみ思った。店の雰囲気も死んでいるし、店員さんもうつろだし、となりに座っていたひとりで来ているお姉さんも一度もこちらと目を合わせず店員さんとも話さず、なにも起きない。なにも足されないし、なにも引かれない。感じが悪いわけでもなく、いいわけでもない。

　メニューだけが大浮かれでとっても楽しそう。これもあれも無料でサービス、こんな食べ方もあんな食べ方もあって最高！　みたいな感じで、でも、店のどこにもその楽しさは感じられない。

　ああ、こんな感じね、と言って、みんな1回入って消えていくお店だろう。長く働く人もいないし、何も起きない。

　何も起きないことがあたりまえだと、若い人たちは思っているのだろう。何も起きないバイトをして、店がなくなり、また似たような店で働くのだろう。そこそこ会話をした友だちという感じまでいかないバイト仲間も毎回できるのだろう。

　どうにも違うんだけどね。


　犬の散歩に行く。近所のヤマザキの外で生ビールを売っていて、お店の兄さんの修業によりその泡が完璧なので、犬を連れたまま立ち寄る。じっくりいれたおいしい生ビール4

00円を受け取って帰ろうとすると、お店のおばちゃんが「私オイ子ちゃんを持っててあげるから、どうぞ飲みなさい！」と私の持っている犬のひもを奪い取るようにして持ってくれる。

大丈夫です、飲みながら帰ります！　と笑って断って、その笑顔を抱いたままで歩いていく。冷たいビールと夕暮れの風が最高。

そんなことも起こりうるのが世界なのに、ほんと、命がもったいない。

きよみんおすすめの「ナルコス」[*10]（麻薬の密売人のドラマ）をちびちび観る。コロンビアって怖い怖いと思っていたけれど、やっぱり怖い。怖すぎる。こんなにも怖いからこそ、異様なまでの自然の美しさや人々の魅力的な顔が引き立つ。だからってそこに暮らしたいわけではないけれど、善も悪もむちゃくちゃに入り乱れた世界の色彩の強さに魅せられる。そして、たまにモデルとなった人々のほんものの映像や写真が出てくるのだが、役者よりもうんとヤバい感じなのがまた怖い。

ジャスミン

ぎりぎりな場所でしか見えない景色（ラテン魂）

◎今日のひとこと

「特定のドラマの話なんて、観てないからわからないよ」と言いたい人もいるでしょうが、誰もにとって思い当たるなにかに換えて書いていますので、ぜひ読み物としてお楽しみくださいませ。観たくなっちゃうかもですし！

尊敬する陶芸家のきよみん[*11]、若いとき単身でジャマイカで働いていたという強者でどんなでっかい車もブンブン運転する、そしてサイキックなきよみん。

間違いのない彼女、今もメキシコにひんぱ

ひな菊

んに通う彼女にものすごく勧められたので、「ナルコス」を観たのです。

この数十年で私たちから何が失われ、代わりになにが世の中を満たしていったのか、これを観たらみんなわかるなと思いました。

真のカリスマは法律を超えてしまうということも。

脚本も映像も音楽も完璧、実に優れたドラマでした。

若い頃、一度だけ南米に行ったことがあります。

あの夕陽を見てしまったら、人生が元に戻らなくなりました。

そのくらいすごい風景をたくさん見ました。

自然に酒は蒸留酒、お茶はマテ茶しか体が受けつけなくなるのです。

融通のきかない上、海外慣れしていないバイトの子を連れて行って、ずっとかばって行動していたからものすごく疲れましたし、女性ひとりだったのでトイレなどにひとりで行くとき危険も感じましたし、何回もスリ泥棒につけられる、警察だか軍だかの取り調べ、賄賂のステップを味わいましたし、空港の近くなんて超こわくて気が小さい私はハゲそうでしたし、途中エリート貿易系イタリア人と貧しいガイドさん親子がうっかり同席してしまっていたたまれない気まずいディナーも味わいました。人を食べちゃう蟻とか、そこまでくるから夜の散歩は絶対しないでというヒヨウの縄張りがホテルの敷地内とか、ロレックスもシャネルもなんでもかんでもあるけど全て偽物の市場とか、そのへんにいた子ども全員ついてくるとか、怖くて一刻も早く帰りたいと思うのに、あの夕陽が山を照らす風景を見ると、そんな全てが払拭されてしまうのです。

ああ、こういうシュールなところにいたら、もの書きはどうしたってガルシア・マルケスみたいにマジックリアリズムになっちゃうよなと思いましたね。

そうしたら「ナルコス」の出だしのナレーションでいきなりそのことを丸っきりそのまま言い出したので、すごくびっくりしました。

最後の最後まで麻薬王パブロといっしょにいる元タクシードライバーの若い男の子は、親友も死ぬし、仲のいい女の子も殺しちゃうし、彼の羽振りのいい時期も知らないしで全くついてない人生なんだけれど、パブロがひとりで出かけてしまって帰ってこなかったら涙ぐんで「もう二度とひとりで出かけないでください」って言うんですよね。そうするとパブロが「ありがとう。おまえはいい奴だ」って言う。

それだけが彼の人生全ての報いだったのですが、そのありがとうのために彼が曲げなか

ジャスミンのつぼみたち

ったものの重みを考えると、奇妙に納得するんです。

そう思うとナスD[*12]だって常に命がけ、お給料と見合ってるのかどうか謎すぎるので、生きるってお金じゃないし、ナスDはラテン界の人だなとしみじみ思います。でも着実に行きたいところに行ってる。小さい文句を言わずに、いつも大きいことを見ていると、夢って叶うんだなとも思います。

◎どくだみちゃん

マジックリアリズム

「燃えよ剣」という有名な、司馬遼太郎先生の書いた新選組の小説があり、

それを優れた手腕でドラマ化した同名の番組があった。

土方歳三は函館にいて、もう幕末は終わり、近代化の波の中にいる。

そんなとき、昔の、死んだ友だちたちが訪ねてくる白日夢を見る。

自分がなにを失い、なにに身を任せたのか。青春とはなんであったのか。

会いたかった、と土方歳三は思ったのだろう。

死ぬ前の短い幸福なひとときに、なぜか先に死んだ大好きないとこと会って話してしまった、パブロ・エスコバルと全く同じように。「白河夜船」で主人公が、恋人の奥さんの若い頃の霊に出会って、このままではよくないと言われるのと同じように。

うちの父が亡くなる数年前、実のおやじが首を絞めに来た、そういう夢を見たと語っていたことがある。

おじいちゃんはそんなことをする人ではなかったけれど、父の中になにか、おじいちゃんのような立派な生き方ができなかったという後悔があったのかもしれない。

ほんとうはなんだったの？　それはほんとうにおじいちゃんだったの？

と聞きたいけれど、もう聞くことはできない。

自分が死んでからどこかに行くとしたら、そこで祖父や父に聞けるのだろうか。

どうしておばあちゃんの夢ではなかったのだろう。

父が狂おしく会いたかったのは、おばあちゃんやお姉さんだったはずなのに。

心の中にいつもあったのは、育ててくれた女の人たちだったのに。

夕方、決まって玄関の外のライトをつける。暗い中帰ってくる家族が転ばないように。

しかし私が夜遅く帰ってくるときは足元は真っ暗で、玄関の外のライトのことなんて、家族は知りもしない。いつもついてるかどうかさえも気にしてないだろうと思う。

それでも私はライトをつける。だれも転ばないようにと願って。

「私が出かけているときはつけておいてほしい」と平等を訴えることもなく、

これは自分の本能だと思う。

パブロ・エスコバルのお母さんが、彼の死を予感していてもたってもいられなくなり、常に暗殺集団に狙われているのにもかかわらずひとりでバスに乗って、彼の死の場所に向かってしまったのと全く同じに。

死んだ彼が血まみれであってもかまわず、頬に触れ、足に触れ、警察の手を振り払ったように。

母と嫁は違う。違っていい。違ってないと子孫が生き延びられない。

どんな思想もこのＤＮＡを変えることはできない。

お兄ちゃんによりそう

◎ふしばな

「まとまらない人」[*13]という一見かわいい装丁だけれど中身はヘビー級の本を読んだ。

坂口恭平さんは常にぎりぎりだがとてもモテそうだ。ぎりぎりだからモテるのだろう。

それから、なにかから逃げるタイミングが完璧に本能丸出しで、すばらしいと思う。あと彼の絵！　彼の絵はほんものだと思う。有利なギャラリーに属すシステムの中にはいないから、わかりにくいけれど。

こういう人がいなくなった世の中こそが、奴隷社会だ。実は、すでにそうなんだけれど。

コロンビアやキューバの歴史を見ると、いろんなことがわかる。

きれいに整っていて、はみ出してない人たちでいれば、保証される数々のこと。

どんなに悪いことをしていても、システムに乗っていれば許される数々のこと。

死ぬのはいつも貧しい人たち。

「ブレイキング・バッド」を観ても思ったけれど、殺し殺されることが日常のシステムの中を生きる人たちと、一般の人たちの価値観は決して同じではない。戦争中には殺人を殺人として裁かないのと同じだ。

だから、芸術くらいはそうやってどんなリアリティの世界を作ってもいいのではないか？

牛や鳥や豚や羊は、放牧されていた方が安全で健康だしおいしいだろう。

同じ場所で何回も種を取って作った作物の方が、強いだろう。

そんなあたりまえのことが、あたりまえでなくなってきた世界の中で、作品くらい、それから個々の生活の中の美しいアートくらいは、自由にしてもいいのではないか？

貧しい人が来たら、かけそばを無料で多めに出したり、おとなしいホームレスの人がいつもいたら、ごみだけでなく売れ残ったものをいつも少し分けて出したり、そんなことが犯罪になるのももちろんどうかと思うが、種がなったからとっといて来年播こう、ひよこから飼ってたにわとりがずっとあとをついてくるから、庭で飼おう、が犯罪になるとなるとまた話は別だ。

マイナンバーにひもづけされてる口座は1個でいいじゃないか。孫のお年玉をためたくてもう1個こっそり持ってるおばあちゃんだっているんだぞ。

ああ、おそろしい。

前にうえまみちゃん[14]が、「ばななさんが大金持ちになるのはなんでだかいやだと私も思うので、よく考えてみます」と言っていて、私もそれが妙に心に残っていた。今のやり方だと（大きなシステムに属していないし避けているから）、大金持ちにはなりようがないので心配することないんだけれど。ただ書きたいだけの人生なので。あとは家族と住む家があれば全然大丈夫なので。たまに友だちに会いに海外に行くくらいで。

高い戒名も墓もいらないし、残すような財産もほぼないし。けっこうな借金があるし。

大金持ちになれるチャンスは、何回かあった。手を伸ばせばいい、うなずけばいい、あとはレールがあると。でも何回も書いたように、乗りませんでした。すごく困ってるときには「あのお金があったらね」と思うけれど、悔いはない。

でも、いちおう理由を考えた。大金持ちの生活って、やはりあるシステムに属さなくてはいけない。着る服も行く場所もだいたい決まっている。そうなってしまったらいやだということなんだな、とよくわかったし、自分もいやだ。たまにやむなくシステムの中に顔を出しては疲れて帰ってくる。

私にとってはお金持ちのシステムは、ヤクザや麻薬の売人とあまり変わらない、作品を創ることとは全くリアリティが違う世界なのだ。

行き来して観察はしたいけれど、制限されたくないのだ。

だからといってたくさんの宝石を身にまとってコロンビアに行ったりもしないし、札束をかばんに入れて歌舞伎町を歩いたりもしない。

坂口さんとほとんど変わらない、人生になるべく自由を描きたいだけなのだ。

子どもが育って、事務所もたたんで、多少仕事も減らして、やっと家の中に他人がいつもいる生活から解放された。そうじもなにも自分でしなくてはならない。そりゃめんどうくさいし、仕事が立て込んでいると不可能を感じることもしばしば。

でも、深夜にそうじしてもいいし、しなくてもいいし、そこそこ汚くてもいい。

自由……これこそが、求めているもの。整った家より、作業をしづらい服を着てきれいでいることより、ずっとずっと。

動きやすい服で汗だくになってそうじしていると、いろんなことが動く。

その動きの中で遊びが生まれる。

「そうは言っても歳をとったらどうするんですか」

「貯金がなくて不安じゃないですか」

あらゆることが不安をあおる現代社会。保険の保険の保険をかけて安全を維持する。でも、それだと命が乾いてしまう。

最後まで体を動かしたい。こっちがいいし、こっちを選んだ。はっきりとそう思う。

もちろん歳をとったら手伝ってもらうでしょう。ロボットに？　人に？　比較的自由な施設に入る？　それはわからない。でも、必ず抜け道はある。数は少ないが常に同志もいる。抜け道のある世界にしか、暮らしたくないのだ。

名前を知らない香りの良い花

◎よしばな某月某日

やっと近隣のお店が開き始めて、人々の嬉しそうな顔を見るとほんとうに嬉しい。

つ串亭[*15]に行って、久々の友人たちと会ったり、店の活気を味わったり。

焼き鳥を食べながらおしゃべりして、えんえんホッピーを飲むなんて家じゃできないもん！

庶民の生活の楽しみってこういうことだと思うから、それがなくなるなんて考えられないし、助成金のために時間を区切るのはしかたないけれど、仕事をまるっきり休むという選択肢があった人をこれからの人生、とても信じられない。

ちゃんと貯金があって、今の期間を休暇にあててインプットして自分を立て直そう、という計画に基づいて休んでいた人や、雇用主が休みを決めたのでしかたなくとか、そもそもバイトだとかいう人たちはもちろん別だけれど、そうでないのなら、それは、ほんとうにしたいこと、大好きなこと、ほっといてもやっちゃうことではないのでは？　としか思えない。人生についてちゃんと考え直した方がいいと思う。

むむむ、風邪？　きゃー、コロナ？　と思う前に、今の自分の体の状態をしみじみと見つめてみると、「冷えている」ということがわかる。そういうときは朝鮮人参のペーストをお茶にして飲む。「消耗している」ということがわかったら、漢方薬局で処方してもらった漢方薬を飲む。「腸がいまいち」とわかったら、乳酸菌やカイカを飲むし、「寝不足」と思ったらプロポリスを飲みながら寝て起きて様子を見る。

自分だけが自分を全部知ってるんだなと思うので、冷えてると思った今日は朝鮮人参を飲んだ。そうしたら全身が温かくなって汗をかいて、着替えたらすっきりとした。

マスク以上に自分を守ってくれるのは、自分の体なのだな。

古着の街下北沢に事務所があるので、たまに駅の反対側に行って古着を見る。住んで15年。買わなくてもひまがあるとたくさんたくさん見てきたから、なんとなくいろんなことがわかる。古着って店に出す前にちゃんとケアしてある（DEPT[*16]やガーニッシュ[*17]やFI

LMのように）とやっぱり魅力的だということと、店の人にちゃんとセンスがあるお店のほうが見て楽しいということなど。

私がいつも行くところは[*18]70年代の懐かしい作りで玉石混交系なんだけれど、センスのいい楽しい玉石混交なので、時間が余っているときなどいくらでもつぶせる。むしろ時間が足りない気持ちで店を出る。

十把一絡げの単なる玉石混交だと、すごく疲れる。目も心も。たくさん霊を見た後みたいな感じになる（霊は見ないけど）。

私に限って言うと、ケロイドに悪いのでレーヨンとポリは99％買わない（だからほんとうによく見る古着屋定番のレーヨンの柄物のワンピースなども見ないでいいので楽。まれに例外があるけど）。年代も70年代後半から80年代と限られている。レース的なものもグアテマラ的なものもセクシー系も見ない。インドのブロックプリントはちょっとありうる。バッグもその年代だけ見れば良い。変なTシャツは常に探している。

今日は、自分では秘蔵だと思っているカモメ柄のコットンのベストを着ていたら、「むむ、それはミシガンラグですね！　その形、初めて見た」と古着屋さんのお兄さんに言われ、ちょっと嬉しかった。

50代の、メンズばかり着る太ったこのおじいさんに、古着屋は優しいわ〜。

ワックスフラワー

生きながら死ぬ

◎今日のひとこと

これほどまでに白米が好きな私が、「むむ、玄米をよくかんで食べると調子がいいぞ」と思うような今日この頃、自分がおじいさんになって弱っているからもありますが、空気が汚れていて、かつ、他の食べものに力がなくなっているからだと思います。

昔は朝7時で味わえた空気が今はかろうじて5時くらいにちょろっと感じられる程度。ピーマンなんて10個くらい食べないと、昔のピーマン1個からもらえた力が出てこない。

なんとかして直送品を食べたり、食べものを選ばないとマジでやばい、そんな感じがし

昔の私たち

ますし、だから田舎に越す人も増えていく一方だろうと思います。

でも一方で、もしも東京が首都でなくなったら、淋しいけどすごく快適な空間が、祭りのあとみたいなのどけさが、戻ってくるのかな？　というような期待もあります。

それまで自分は生きているのかな？　でも、もうどこにいてもいっしょな時代がすぐそこに来ているから、自分もどうなるかわからないな、そうも思います。

数週間前にお弁当を買った「かまいキッチン」[*19]（玄米ごはんに優しいおかず、でもアドボとかも入っててすごくおいしい）のお姉さんが、「あ、先日も買ってくださいましたよね、いつもありがとうございます！」と笑ってくれて、「私自身はソーシャルディスタンスを取ってるのに、犬が近づいちゃってごめんなさい！」って言って、微笑みあって別れる。

これだけのことで、ただでさえおいしいお弁当が１００倍おいしくなるのです。

でも、いくら「こちらのお米は、新潟県産のコシヒカリです、栄養たっぷりの卵焼きも入ってますよ」なんてマニュアルっぽく言われても、それを言うお兄さんの目が非社交的で、他人に興味がなく、泳いでいたら、どうにもならないのです。

「○RM」の入り口でさんざん熱を測って入店しても、中では「おじいさんはどうせ買わないだろう、仲間っぽくないし」という感じで、お姉さんたちはお客さんそっちのけでおしゃべりをしている。それを見てハッとしたお兄さんが近づいてきたので、もしかして話が通じるかもと思い「これって3個ありますか」と布バッグを指さしたら「すぐ在庫見てみますね！」と探してくれる。

こんな短いあいだに、こんなたくさんの武士のような察しあいがあるのが、人間というもの。

いくらでも、自分たちの力で楽しくできるのに、していないだけで。

「○ＫＵＲＡ」（結果的にほとんど伏せてないぞ）の2階に行ったら、お姉さんが下からついてきて、楽しそうに商品の説明をしてくれる。楽しんでる、それを見るだけで和む。

そういうふうに楽しもうとしていないから、「自分がなにが好きかわかりません、仕事もつらいし」ってなってしまうのでしょう。鏡ばっかり見ていたら、友だちはできないよね、とおんなじで。客商売で客に興味なしとはこれいかに。

もちろんこのおじいさんは、最近の若いものは全く、とは思っていません。場違いな店で買いものをせざるをえない用事ができたんだから、申し訳ないねくらいに思ってます。

ただ、そりゃ、好きなことが見つからないだろうよね、1日中、自分の小さい範囲の中にしかいないんだもんね、とは思います。

そんなときでも、自分の光を見つけようと行動する人は、そうやって必ず枠から小さな勇気を持って飛び出してきます。モヤモヤした人たちを尻目にスイスイ泳いでいく。どちらになりたいか、あるいはそういう人を見物する専門にして、自分の人生は趣味で静かに生きるのか、そのために割り切ってどういう仕事をするのか、それもまた楽しいことがあるから割り切れるのであって、ある意味オタクも強いと言えるかもしれないですね。

私も若いとき、モヤモヤ煉獄にいたことがありますす。でも、そんなときはとにかく地道に書いていました。報われるとか認められるとかなにも考えないで、楽しいとか楽しくないとかでもなくて、ただ1歩を刻むためだけに。

えび天とあしたば天

◎どくだみちゃん

ゾンビ

私が冷凍庫の奥に大切に取っておいた「白くま」を、食べちゃったっていいんだよ。

いつだって、好きなときに、好きなだけ。最悪の場合この肉を差し出すってくらいだよ。

そんなこと言うと「重い！」って言われるから、言わないけどね。

でも実際に君がゾンビになって襲ってきたら、

私は反射的に包丁で君の首を切るだろう。

そしてそのあとで気が狂うほど泣いて、それでも1日、また1日と生きるだろう。

人間ってなんて罪深いんだろう。でもそれが、人間だ。

だからせめて、この平和なとき、互いが生きている今は、

気前よくありたい。

だから、そのへんにあるものをなんでも食べて、大きく強く健康になって、

ゾンビになっても私に首を切られないようになってくれ。

そうなったら私も本気で戦うから。だってもうゾンビは生き生きと生きていて面白かっ

プレイモービルのノアの方舟

た君じゃないんだもんね。

そんなのやっぱり見たくない。生きて生きて生き抜いてくれ。

それだけが私の願いです。

◎ふしばな　そりゃそうでしょう

宴会に行って、仲間外れにされる。意地悪をされる。

なんでこんなことになるかな、と思って、せめて友だちみたいな気分になれる人をひとり小さく作って帰る。それだけでよしとして、「くっそ〜」と言って眠りにつく。

古くは文壇の宴会で、パワハラセクハラモラハラの嵐の中で、島田雅彦先生が「いや、君には悪気は全くないんだ、僕にはわかる」と言ってくれたみたいな小さな友だち感、それがだいじ。

文壇にはだんだん慣れて、中上健次先生とか、田中小実昌先生とか、めくるめく人たちとちゃんと話して楽しく帰宅したものだけれど、その後もそういうことはたくさんあった。

そんなとき気づく。とりあえず遊べた。それでもここは、私の場所じゃないんだなと。

私の場所じゃないところにいたら、私がかわいそうではないかな、と。

極端に言うと、例えば私が工事現場で鉄骨を運んでいたら（運べないけど）、すぐ体を壊すだろうということは、誰が見たってすぐにわかる。

でも工事現場自体が苦手とざっくりわけちゃっていいかというと、そんなことはなく、むしろオフィスよりは合っている。事務のバイトをしていたときはほんとうに発狂しそうになった。なんで窓がないんですか！　みたいな感じ。窓がないところで4時間以上働くと熱が出ちゃう。こりゃ、むりだと思った。でも小説なら座って10時間だって書ける。

　自分を適所においてあげるということは、体の持ち主の務めだと思う。

　とてもいい写真を撮る雅子さんは、とにかく持続的に体を動かすのが得意で、エネルギーをつきさせずに、かといってもり上げたり下げたりして退屈を祓う私のような感覚ではなく、こんこんと同じエネルギーで手を動かし続ける。いつもそれをしているから初めてちょっと地上から浮いたような写真が撮れるんだと思うんだけれど、動きを止めると体調を崩したり倒れたりする。

　人それぞれに、合った動きがあり、方法がある。それに合わないことはしないほうがいいのだ。だからこそ補い合える。

　私の初恋の人は大学時代に工事現場の誘導のバイトをしていて、「眠いし寒いし、ただ同じように手を動かしているだけだが、この車が通っていいときにただ手を横に動かしているだけのことに意味があるんだろうか？　だってこういう仕事をする人形さえあるもんな」と思って一瞬手を止めてみたら、ほんとうに車の流れが滞ってびっくりしてすぐ手を動かしたが、あんな意味ないような仕事でもすごく意味があるって思って、それからはちょっとやる気が出たと言っていたが、なんと彼らしいいい話だろうと思った。彼は常にそういう人だった。

確かにそう感じたら、急に退屈な仕事が意味をちゃんと帯びる。その一瞬の危険の感覚が全身に行き渡るのだ。

単に退屈して不満で病みそうなのか、ほんとうに向いてなくてそうなのか、少し動き方や場所や角度を変えたら大丈夫なのか、それでもどうにも合っていないことなのか、自分のことは自分にしかほんとうにはわからない。しかし、自分の大嫌いな仕事でも他の人から高い評価を得ていたら、向いている可能性も否めない。自分の体を適所に持っていき、なるべく疲れず、でも毎日ちょっとずつ限界を超えていける幸福なつきあいを自分の体とできるようにするのもまた、持ち主の務めだ。

車を雨ざらしにしたら保ちは悪いし、手で洗車してカバーをつけてそっと運転していたらワイルドな移動はできないのと全く同じ。でももし職業が高級娼婦だったら、後者であるべきだろう。その判断は会社や上司には決してできない。自分にしかわからない。

ずっといやだと思っていることを、変えるのがこわくて考えないようにしていたら、体が謀反を起こすのはあたりまえのことだ。体は正直で小さい子といっしょなんだから。

私もよくやってしまう。海外であとインタビュー8本明日の午前中に入れていいですか？　と急に言われたり、写真撮るから塀に登ってくださいとかむちゃぶりされたときに、断るのがめんどうだなと思ってついやってしまい、疲れてモヤモヤしたり。

体に悪い！　ということだけで、バリバリ

花海棠

断っていきたいなとしみじみ思うのだ。

◎よしばな某月某日

「車の中に蚊がいますね！」と後部座席で必死で蚊と戦っている私に、「蚊がいますか……」とだけ言ってもくもくと運転を続ける推定32歳のタクシードライバー。

また出た！　「AIよりもAI」。

SiriとかAlexaのほうが、まだ会話になる。話しかけたり憂いたり嘆いたりするのはたかのてるこちゃんにでも任せて、ただ「ハズレだぜ」とだけ思うようになった。そのくらい多いから。

青山に行く用事があったので紀ノ国屋におじいちゃんのうなぎ弁当を買いに行くも、ものすごく混んでいて、ほとんどの弁当が売り切れていた。なんとかしてひとつ手に入れる。あとはお惣菜だけ買って、米はうちで炊こうと決める。

「ここは冷蔵庫が多すぎる、寒い、寒いよ〜」と言っていたちびっ子以外は、みんなまだ顔が固い。やっぱりまだコロナの影響は街を覆っているなと思う。レジの人たちもしっかり手袋だし。

　きっとまた感染症はいろいろ変異したり陰謀だったり、いずれにしても何回もやってくるのだろう。

　これまでみたいな「カレーを作りましょう、だから肉と人参とジャガイモを買って、ルーを買って、サラダにする生野菜も買いましょうね～」みたいなごはんの作り方ってもうできない感じがする。

　季節のものを大量に取り寄せて、毎日手を替え品を替え食べるとか、そういうふうになっていかざるをえないのかも。

　自分の買い物がそちらにシフトすると、節約できるのか、いっそうお金がかかるのか、様子を見ながら検証していかなくては。こういうことを考えているときがいちばん燃えるのだが、よく失敗して出費がかさむ。

　今年の夏は「村上T」[*20]の強い影響で、ついつい古着屋で集めたフリントストーン柄の大きいサイズのTシャツたちばかり着ているから、いっそう痩せる気がしない。

　最近の小太りの中年の友だちたちとの会話は常に「もう、いいんじゃない」で終わる。

　しかし、決まった材料で決まった料理を作らなくなったら、どう考えてもかっちりとごはんとおかずという感じで食べなくなるに決まっているので、まだちょっとだけ「3キロくらいは痩せるかも」という希望だけ、曖昧に持っていようっと。

　件の代官山おしゃれな服三角地帯のどの店でも体温計をピッとかざして手首やおでこで

測ったが、たった30分の幅で「36度5分」「36度3分」「36度7分」とバラついた。あの機械、その程度の精度なんだなと思った。

バラ

2020年11月〜12月

在りし日のウィリアム・レーネンさんと

すみわけ

◎今日のひとこと

ヨーロッパにひんぱんに通っていると、高いブランドものを買うことがほんとうにアホらしくなってくるのです。

高いブランドものっていうのは、定番（それは私も買うことがあるし、品質がいいから20年くらい平気で使っている）以外は、去年のを持っているとちょっと恥ずかしい、そういうまるで茶の湯のような決まりがある世界でしか本来の意味を持たないんですよね。

ヨーロッパの中流くらいの生活をするなら、おおよそ1万円前後で、すごくセンスのいいものが買えるから。

夜に白く光っていた葉のうら側

ほんとうに公の場に出るときに必要なもの、例えば私にとってのコムデギャルソンみたいな、川久保先生を尊敬していて、少しでも貢献したい気持ちもある……人それぞれのそういう大好きなデザイナーがいるブランドは別として、服やかばんや靴にひんぱんに何十万円も出す時代は（少なくとも私には）終わったんだなと心から思います。

海外の高いレストラン、ホテルに招待で行く可能性があるときだけ、そういう店の人たちは驚くほど服の素材と靴と時計を見ているのでホストに恥をかかせないように多少気をつけますが、外に出る仕事も減らしたし、つきあう人たちも選ぶようになったし、そんなにがんばらなくていい年齢にもなりました。

……かといって、アジアの国々の人たちを安く働かせて大量に作られている服に関してもちょっと疑問があるので、どこで何を買うか調べながら、お金の使い道とおしゃれであることをなんとか両立させるゲームができることの幸せ。

時間がなくて、でも人前に出る仕事がひんぱんにあって、だから1時間くらいでひとつの店で上から下まで全部そろえなくてはならない（そういうときは常に青山のギャルソンにかけこんでいた）と焦っていた時代に比べたら、この組み合わせ天国ってなんだか夢のようなのです。

バブリーさはすっかり失ったけれど、とてつもない自由を得たような、そんな感じがします。

前も書きましたが、イタリアでインタビュ

ーを受けていると、やってくるインタビュアーのあまりにも多様なファッションが楽しくて、次が見たいからどんどん来い！　みたいな気持ちになってしまうのです。アクセサリーやジュエリーが必ずすてきなアクセントになっていて、かといってキメキメではなくてどこかラフな感じで。

本の虫のアニメおたくのちょっぴり太めのメガネっ娘さえも、どこか遊び心がある服を着ていたり、大胆なリングをしていたり、かわいくて思わず抱きしめたくなります。

まるでお花畑のようにそれぞれの個性がキラキラしていて、目は癒されるし参考にもなるし、世界を人間の美しさで飾ることって意味があるなと思います。

世界をあなたで飾ってあげて、というと、

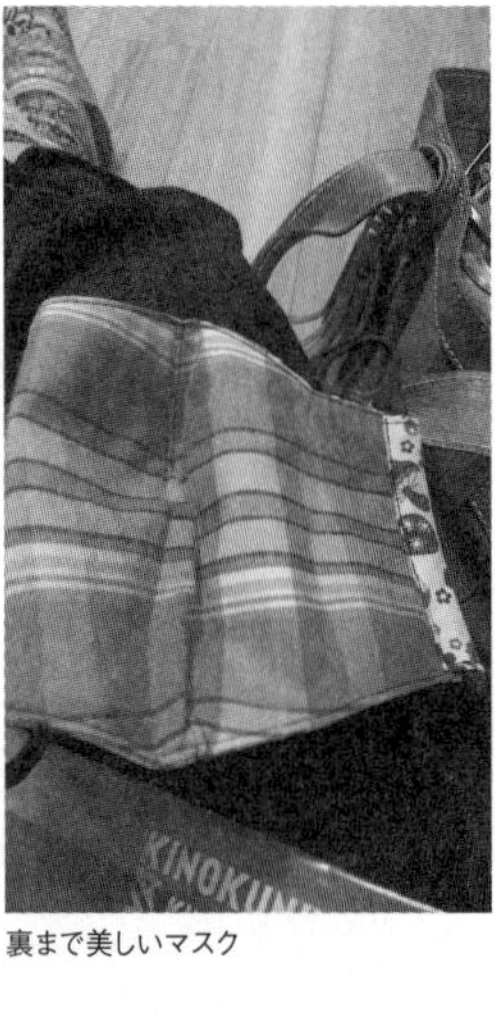
裏まで美しいマスク

原色だったり、激しいデザインだったりすごいことをしなくちゃいけない、それにはちょっと人目が……みたいなことを言う人がいるけれど、ベージュと生成りと白だっていいんです。ただ、世界に向けて楽しそうに自分を表していれば。

壇蜜さんだっていつもノーブランドの地味色の服を着ているけれど、あんなに個性が感じられるのだから！

◎どくだみちゃん

ロン

ロンはすごく太っていて、風俗とか女性のいるクラブが大好きで、お金が好きで、高いお店が好きな、しょうもないおやじだった。

でもサイキック能力を使って人の相談に乗る仕事をしていた。

でもいざサイキック能力を炸裂させるとものすごく誠実で清らかで大らかな人に変貌した。

そういうときのロンは声も違う。バシャールみたいに別の存在をチャネリングしてるんだと言われても驚かないくらいに。

特に催眠誘導やクライアントの潜在能力を開花させることに関しては天下一品で、彼の催眠誘導では信じられないほどの情報がなだれこんできて自分の脳のキャパにびっくりした。

こんな疑り深い、催眠術になかなかかからない私なのに、目の前にチベット寺院のめくるめく映像が匂いつきで現れたのだから。

「目の前にチェストがある、引き出しがある、開けてみて。鏡がある。鏡を見て」

そう言われて古いチェストを開けて見たら、金色の古びた鏡があり、のぞいたら見知らぬ細く黒いメガネのお坊さんが映っていたときの驚き。

ふつう、催眠術でそんなことを言われたら、「う〜ん、てきとうに空想してしゃべるか」ととっさに創作を始める私なのだが、そのときはほんとうに映画を観ているように、次々に映像がなだれこんできたのだ。

これが彼のほんとうの才能か、と私は思った。

人の無意識に入り、映像化するのを手伝える力。それが前世かどうかはさておき、イメージを全て拾い上げるのに力を貸せる。悪用したら夢に入って操ったり、自殺に追い込んだりだってできるだろう。でも彼も彼のお母さんも、お金は好きだったけど、決してそれはしなかった。そういう意味では果てしなくクリーンな人たちだった。

どちらのロンもロンだったのだろう。

サイキックだからって高潔なわけではない。

もしも彼が魂に沿って生きたら、もう少し長く生きたんじゃないかなと思うことはたまにある。

きっと人は肉体や欲望ではなく、魂に沿って自由に生きた方がいいのだ。

「君は、内気なところがあるね。それは将来にはう〜ん……ちょっと減るけどなくなりはしないかな」

って子どもみたいな笑顔で言ってくれた彼。おばさんを超えておじいさんになったら、だんだん内気さは減ってきたけれど、まだちゃんとあるよ、ロン。天国から見てる？　今も太ってる？　今も女好き？

それとも魂だけになったら、あのさわやかで仕事が好きな好青年のところだけ残っているのかな。子どもみたいな笑顔で笑ってるのかな。

大した縁じゃなかったけど、すれちがって、いっしょにカラオケに行って歌ったり笑ったりした。

そんな人が死ぬのは、いつだってちょっと胸が痛い。

彼はあんなにいつも夜の街の中にいたのに、今彼を思い出すとものすごくきれいな青空の色が見える。やっぱり、そっちだったのか、と思う。

私は信じている。

こんなふうに急にあちらの世界に行った人を思い出すときって、あちらもこちらを懐かしく思っているときだって。

だから思う。ロン、ありがとう。出会えてよかった。

そちらでゆっくり休んでください。

リューカデンドロン

◎ふしばな

蜜

1回だけ、壇蜜さんにお会いしたことがある。

細くて、肌がぬめっとしていてとても透明で、はかなげで、化繊の地味な服を着ていて、エロかった。優しくて、控えめで、存在感があった。抑えた生き方をしている女性にはこの出しっ放しの私はたいていは嫌われるし、まして同じ文筆業。私のことはどちらかというと苦手なのでは？　と思ったけれど、少なくともそれを一切感じさせない、受け入れてもらってる感があった。きっと男性はもっとそう思うだろう。

「エロスのお作法」[*21]という本を読んでいて、生き方の違いに愕然とした。なんで同じ人間の、しかも男性にそんなに良くしてあげなくてはいけないのか。それは男性が作っている社会だからであり、そこで良い場所にいくには男性に喜ばれるしかないからなのであろう。

しかもあんなにもグラビア向けに生まれてきてしまったら、そこにあれだけの知性があったら、それを極めたいと思っても当然であろう。

そもそも女子校というのは良妻賢母になるための勉強をするところだから、その刷り込みもすごかったのだろうと想像できる。

秋田でそのへんのおばあちゃんと楽しそうにしゃべってお菓子を食べている壇蜜さんを見ると、そんなふうにもっと自由に、明るく、楽しく暮らしたらいいのに、とつい思ってしまうおじいさんな私。

いや、芸妓（違うけど）には芸妓のストイ

ックな美学がある、だからそういう人はそれを極めたらいいのだ、とも思う。

　だから彼女はその生き方をもって、権力のある人の愛人になるか、妻になるか、その方向性しかないはずだったのである。それが自然だ。

　しかし「北区赤羽」[*22]と結婚してしまったのである。

　これは近来稀に見るパンクなできごとだなと思った。

　恋はいつだってしていただろうから、その中でその環境を選んだということで、とにかくパンクなのだ。

　なにもかもどうでもいい、全てに飽きたんだ、これがやってみたいんだ！　みたいな心意気を感じる。

　彼女の文章にはエロい意味ではない独特のメランコリックな湿り気があって、読んでいるとこわいくらい眠くなり、よく眠れる。だからなかなか読み進めない。

　このへんにも大きなヒントがありそうだ。

　そう言いながらも、高い服は買わず、高い手土産は持っていかないというその感覚はすばらしいと思う。

　芸能人になって収入が増えたから服も家も変えるという、そのことをしてしまうから、人はおかしくなってしまうのだ。たまにはいいけど。

　しかしその観点から見ると、ほんとうに、日本の安いものは質も悪いのに驚く。一見こんなに豊かな国なのに。

　私は別に極端なヨーロッパびいきではない

が、イタリアにはよくある店「Bata」という超安売りの靴屋で靴を買う。これがまたものすごく質がよくてデザインもいい。しかも何年も保つ。日本で履いているとよく「どのブランドの靴ですか？　高いんでしょう？」と聞かれる。ヨーロッパ人のセンスの良さを見ていると、毎回感動する。そんなに高くないものを自分で組み合わせて、それぞれに合う美しい色彩の世界を作り出している。大金持ちはみなシンプルで高いものにきちんとアイロンをかけて着ている。なによりもまめなアイロンかけの存在がものを言っている感。

いつか「どのブランドの服か全くわからないけれど、なんとなくセンスがいいし、貧乏くさくない」と言われる人になりたい。たとえ西友で買った服でもしっくり着こなす壇蜜さんのように。

プロテア

しかし、実際の私は高いマルコムのリングを買ってたっぷりためたポイントを○ーニーズの別の階で華々しく提示して２８０００円のエスパドリーユを買ったら、係の無邪気な若いお姉さんに「これをポイントで全部？

そんなにポイントが？　わかった、お友だちからポイントをもらったんですね！」と真顔で言われたほどの見た目貧乏くささである。

　というわけでまだまだ修行が足りず、80まで生きられたら、かっこいいパンクなおばあちゃんになりたいな〜！

　でも80になってどんなにかっこいい様子になっても、壇蜜さんの「人生をかけたパンクさ」には叶わない、そんな気がする。

◎よしばな某月某日

「ナルコス」を観て疲れたら「ふたり旅」[*23]（イ・スンギとリウ・イーハオがファンに会うというミッションでアジアのいろんな国をめぐる旅番組。超癒される）を観るという変なローテーションで数日を過ごしていたら、あまりの世界観の違いにほんとうに頭がおかしくなりそうになった。

　世界って広すぎる。自分がなにを選ぶかっていうのはこんなにも大切なことなんだな、とまで。

　韓国のバラエティは平気で芸能人に無茶ぶりをするが（初めての国でバイクで走れとか18メートルの高さから飛び込めとか）、その分彼らは鍛えられていてすごいなと思う。私はいずれにしても運転できないけど、インドネシアやタイのあのものすごいバイクたちの渦の中で初めて乗る車を運転するなんて、絶対できないと思う。

　アジアで世界的俳優になるには、経験を積んで大きな人間力もないとだめなのだという真の理由を感じずにはいられない。

　あと、麻薬関係については、もしも生まれ

たときに実家が農業のかたわら大麻の栽培をして稼いでいて、どんな葉やつぼみが品質がよく高く売れるのを知り抜いていたら、それを犯罪とかどうこう言ってももうその世界、環境に住んでいるのでしかたないのではないかという気がする。

メキシコ編に出てきたパブロの「大麻は薬草だが、コカインはわけがちがう」っていうのにものすごく説得力があった。

メキシコやコロンビアの人たちにマスクをしろなんて言っても、てんでムダだなってことが肌でわかった。

今日も「ナルコス」↓「ナスD」↓「ふたり旅」といいローテーションでひとつずつ観てみたけれど、そしてどれもすごい迫力の人間世界なんだけれど、良し悪しではなくいちばん残るのが「ナルコス」にたまに挿入される「実際の映像、実際の本人たち」で、とにかくすごすぎて忘れられない。あれが現実だなんて。

そんなことを思いながら、久々に「つゆ艸《くさ》」に行ってケーキを食べてお茶を飲んで、植木を買って帰る。こういう動きって人類のもはや「権利」だよなと思う。

甲野（善紀）先生から「そろそろ区切りの感じがあるので往復書簡を〆ましょう」となんの前触れもなく連絡があり、びっくりした。炭鉱のカナリヤ的な方がそんなこと言いだすなんて、もう手紙なんて書いてる場合じゃないってことで、世界はほんとうに滅亡するんじゃ？　と思い、だとしたらなにをするか？と考えたり祈ったりして一瞬ざわついたが、今の、ただ忙しく座るまもなく家事に奔走する人生のこの時期、嫌いじゃないな、小説も書いてるし……とすぐ落ち着いた。

大工さんとか甲野先生とかりんたんとか、今すぐ人を殺傷できる能力のある人の勘は絶対的に信じている私だが、なぜか美容師さんにはそういう感覚はない。ただ刃物を持っているだけで、殺傷能力とは違うからか。でも腕のいい美容師さんは、クライアントの体調に関しての勘は絶対的だから、ちょっとジャンルが違うのかも。


それでも、たまにでいいから旅はしたいなと思う。コロンビアやメキシコとは言わない（ムリ！）、ちょっとした用事のある旅が懐かしい。いつ再開するんだろうか。

若いときは、スンギくんとイーハオくんみたいに、よく知らない人とごっちゃになっていっしょに寝たり、てきとうな屋台で食べてすごい味で失敗したり、1日で信じられない距離を知らない人たちといっしょに歌ったりしりとりしながら移動したり、いろんなことをしたけれど、もうそういうことはなくてもいいなと思う。

それから、疲れる旅で海外のホテルのひとり部屋で夜中に感じる孤独ってものすごい。怪談で怖さにはまったときを今すぐ再現できないのと全く同じで、あの崖っぷちな気分も今は思い出せないが、人生を問い直すレベルだ。あれはもう、味わう気になれないな〜！

日当たりと植物の性質を考えながら、家の中の植木鉢を置き直す。でもあんまり環境を変えると枯れちゃうので、ちょっとずつ。こういうこと考えてるのがいちばん楽しい。それぞれの植物の性質に合った場所があり、空気が動かないところには切り花しか置けない。よく理解できる。

そして結局は植物は外に置くと元気になるということがわかる。極寒とかかんかん照りのときだけ中に入れて、ちょうどいいときは陽や風にさらすのがいちばん。これってきっと人間もそうなのだろう。

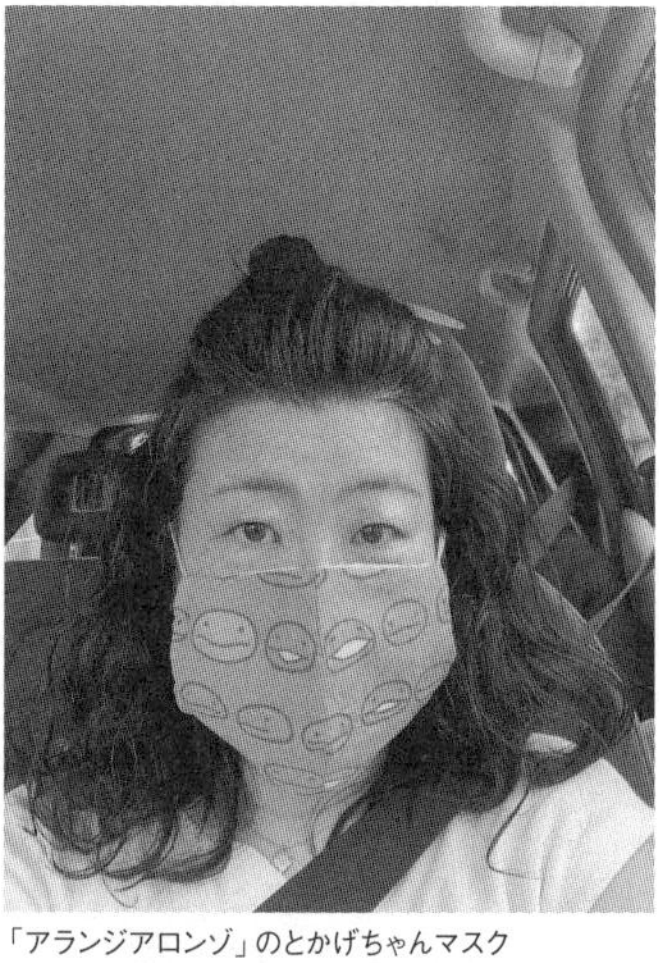

「アランジアロンゾ」のとかげちゃんマスク

文明

◎今日のひとこと

このコロナの時代、「大地を守る会」[*24]「坂ノ途中」[*25]「ポケットマルシェ」[*26]がなかったら、そしてそこからの品々を運んでくれる人たちがいなかったらどうなっていたのか、考えるのが怖い。文明、ありがたいです。
「大地」からは定期的に買う基本のものと生活用品を、「坂ノ途中」からは野菜少しと油とコーヒーと米を取っています。

そしてたとえば「丸鶏を経済的に買って、1週間で食べ尽くしたい」と思っても都会のスーパーには売ってないときがほとんどなのです。なので売っているパックのぶつ切りと

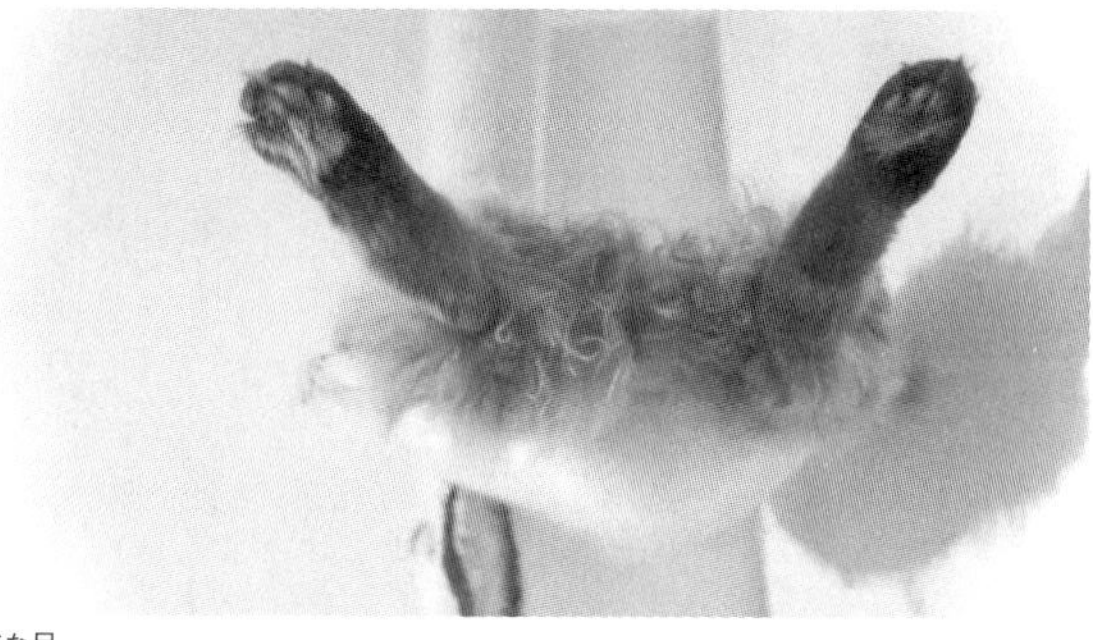

変な足

ささみと手羽とももとむねと砂肝を買って……パズルかい？　と思います。昔「探偵！ナイトスクープ」でやっていましたね。ケンタッキーをいっぱい食べて鶏の骨格模型を作るの。できてましたよ。

でも丸鶏の数日後の購入がしっかり叶うのが「ポケットマルシェ」。夢のような時代です。そりゃトラブルやリスクもあるとは思うのですが、おおむね大丈夫なのが日本人のすばらしさです。ありがたい。

前に某千葉県の道の駅に行ったら、アリがたっぷりたかっているびわを「生産者○○さん」って売っていたのだけれど、うちにはびわがあるからよくわかるのです。びわって「今採らなくちゃだめ」というときがあって、それを過ぎると急にアリたち、鳥たちがやってくるのです。収穫の日も間違えて、検品しないで、洗わないでパックに入れたな〜！と思うんだけれど、ネット時代の怖いところでもありいいところでもあるのは、そういうところはやっぱり評判が悪くなって淘汰されていくことなんだと思います。

売りたい人と買いたい人が、心をこめてつながる可能性。そこには新しい世界への予感があるような気がします。

「ホツマツタヱ」[27]の易しい版が電子書籍で出ていたので、日本史と呪術についてしみじみ考えながら楽しく読んでいたのですが、同じく電子書籍で「ジェロニモ自伝」[28]の改訂新訳が出ているのにときめいて早速購入しました。内容はまだ半分くらいまでしか読んでいなくて、それでもなかなかに血なまぐさい内容なんですけれど、しょっぱなから、インタビューをしたハワード将軍が最初に伴った年上の友人の博士について、ジェロニモが「なんであなたの父は今日は来ない？」と2度目の面会のときに聞いて、ハワード将軍が「あの人は単なる友人で、今日は来られない。父は25年前に死にました」と言うと、ジェロニモが

サボテンの花

「あなたの本当の父は亡くなっている。その男はあなたの友人であり、若い頃からずっとあなたの助言者だ。養子縁組によって彼はあなたの父である。いつ私の家に来ても歓迎すると彼に伝えてほしい」って言うんですよ。

しびれる〜！

絶版になったり、なかなか手に入らないこんな本が今になってすぐに読めるのも、電子書籍があってこそなんだな……と思うと、文明の悪い面をうとましく思うだけではなく、いい面をちゃんと活用していきたいと心から思うのです。

◎どくだみちゃん

いんげん

山盛りのいんげんが届いて、まずは洗って。

茹でたり、ごまで和えたり、バターで炒めたり、素揚げにしてそうめんに添えたり、焼きそばに入れたり、ビルマ汁にしたり。

だんだん濃い味にしていくのが基本だ。

いんげんは姿を変えて、数日間テーブルに乗る。

その自然さが都会ではなかなか得られなかったことにびっくりする。

ひと箱の玉ねぎが親戚から届いて、毎日毎日食べる。飽きることはない、野菜だからいろいろ変身するし。懐かしいその感じ。

湯がいたばかりのいんげんを味見して、プリッと音がして、熱い汁が出てきて、その汁がなんだか甘くておいしいとき、命がギラッとなるのがわかる。


そういうことを忘れないでいたい。

なにもかもが遺伝子組み替えになって、牛豚鳥は衛生面から考えて放牧禁止なんていう謎の法律ができたら、命の意味は根本から問い直されるだろう。

食用の生きものは生きていないと、工業製品だと、全員が言い切るようになったら、同じように人類も終わるときが来るだろう。

犬（犬は生きていて毎日体調が違うのに、なんで保存料の入ったドッグフードが安定していると言えるのか、意味がわからない）にさえ、できあいのフードをあんまり出さない私は、ただ苦痛の中を生きた生きものの肉を食べることができるだろうか？　多分できないだろう。

そうしたらつぶしたての丸鶏の味を思い出

しながら、雑草や豆でも食べよう。

これがほんとうのヴィーガンっていうことなのかもなと苦々しく思いながら。

あるいはそういう法律がない国に行って、そのときだけ思い切りありがたく肉を食べよう。

うちの犬は生まれたての赤ちゃんのときの数ヶ月以来、いちども犬と暮らしたことがない。

しかし、動物たちに晩ごはんを出そうと準備を始めると、家じゅうを走り、自分より「小さきもの」にひととおり、食事だということと、自分が先に食べるし上だということを、知らせて回る。

その小さきものの解釈は圧倒的に間違えていて、もう巨大なうちの子と、猫と、ロボッ

近所のTOMOちゃんの作るお弁当

ト掃除機だったりするのだが、犬にとってはそれが本能なのだ。

　誰にも教わってないのに、突き動かされる。多少間違えていても、全身で知っている。

　そんな確かな何かを自分も失いたくはない。

◎ふしばな

時代の変化

「ナスD大冒険TV」を深夜に観ているのだが、ものすごく勉強になる。高地で寒さが厳しいところでは自然はこうなっているのか、だから家はこういうつくりなのか、そんなことがよくわかるからだ。

　例えば魚のことを、TV番組や図鑑でなんとなく眺めていると、そんなに頭に入ってこないし興味も出てこない。「そうですか、いかは墨を吐くんですね」くらいの感想しか持てない。

　でもさかなクンが説明していると、急に面白くなってくる。それと同じだ。

　その人の生き生きした視点で見る世界や知識を分けてもらう、ほんとうはそれがTV番組なんだと思う。

「たすかる料理」[*29]の按田（優子）さんもペルーに行って学んでいるし、ナスDもかつてアマゾンに行っている。食材が不安定な地域、冷蔵庫のない地域の料理はどういうものかをよく考える。

　タサン志麻[*30]さんもその日そこにある材料で何品も作るし。

　そういう世界の圧倒的な正しさが、この考え方の基礎になっているのだと思うが、料理というのは、季節や、材料が手に入るかどうかで毎回少しずつ変わって当然のものだと思うのだ。

「ナスD大冒険TV」のヒマラヤ編に、ものすごい山岳料理人のシェフが登場する。何種類ものすばらしいメニューを20人分どんどん作ってしまうのだ。日によってメニューが変わって観ているほうも毎回楽しみ。そしてその手際がすごい。迷いないのだ。

　できたものをひとつのプレートにのせてどんどん配る。材料はその日にあるもので思いついたもの。炭水化物とたんぱく質と野菜をざっくりとバランスよく。

　これが、毎日の料理なのだと実感する。

　そう、時間があったり、毎日買いものに行けたり、安定して食材が供給されていれば、毎日「今日は鯖の味噌煮こみを作ろう」などとメニューを決めてから人数分買い出しに行けるが、病気も流行っているのにスーパーが激混みなこんな時代、私はすっかりそれをあきらめた。

　テイクアウトだろうと店で食べるのだろうと、「天ぷら」とか「鮨」とか「とんかつ」など、名のついた決まった料理は外で食べればよい。うちの家族にはあきらめてもらおう。外食できないおじいちゃんにはヘルパーさんが来る日に、定番の家庭料理を作ってもらえば良い。

　家では、たとえ大皿で自分の好みの量を取るとしても、ワンプレートとスープくらいの感覚で、毎日のことはすればいい。例えば芋があれば煮る蒸す焼く揚げる、それがメインでいい。家にある肉が少なければカレーに、たくさんあれば焼肉に、などなど。それに合わせてあるもので合うものをちょいちょい作ればいい。今日残ったものは明日少し姿や役割を変えて出す、ただそれだけだ。

猫は肉食なので1食はフードに頼っているし犬も朝は夫が当番なのでフードだけれど、犬には避けなくてはいけない食材以外の残りものを味のないごった煮にして出すので、そこに肉があれば猫にも分けるので、結果、食材に残りものも出ない。

どこまで節約できて使い切れるかというゲームの中にいると、とてもじゃないけど家を空けてその循環を切るのが面倒になる。これが、暮らしだと思う。

まあ、旅に出る日々がまた来たら、空っぽの冷蔵庫を置いて出かけるんだけど。

そして帰ってきた日に行く買い出しの楽しさよ！

これが、人生だとさえ思う。

クジャクサボテンの花

◎よしばな某月某日

雨の中、姉と夫と居酒屋に行くと、メチャ密。

飾り程度にアルコールが置いてあるだけで、ほぼ満席。

でも、東京の人とは思えないくらいみんな楽しそう。みんな人に会いたかったし、この日を待っていたんだねと思う。なにがどんなに流行っていても気にしないでやっちまえとは少しも思っていない。でも、バランスは大切だと思う。

決して郷愁ではなく、個性豊かなそんなに高くない個人の店が色とりどりに並んでいて、そこに備品を供給する小さな企業や工場がちゃんといい形で束ねられている、そんな生き生きした街が全国にあることこそが、国の活気なのだ。

でも今は北海道も九州もすごい勢いで中国の人のものになっていっている。

日本人の心は、世界に散らばる日本人の中以外に存在しなくなる。そんな社会まであと一歩というところになってきた。

そこそこちゃんとキモは押さえて感染対策をしながら、ごはんを楽しむ。

政治が対策で変えられることを変えないということは、つまり、変えない方が得する人がいるということだ。いつもそうなのだ。

政治家は腐敗している部分もあるが国民を守ってくれるものだと、小さい頃は思っていた。そうでない時代になったら、自分で考えなくてはいけない。なので考える。家族のこと、生き方のこと、病気のこと、いろいろ。どこまではできて、どこまではできないか。

三砂ちづるさんが衛生学の専門家として感染症が流行っているときは人に会わない、これは、理屈じゃなくてそうするしかないことなんだときっぱり言ってるのもよかった。菌がもう少しでも強かったら私もためらわずにそうするだろう。

さて居酒屋では、ちょっと頭を使えば、こんなたくさんの氷の上に薄汚い笊《ざる》を置いて刺身をのせなくてもいいことくらいはわかると思うのだが、バイトの人がタッパーから出しつつ、これが盛り付けだ！　と思ってやってる。でも、きっとそのバイトの人が結婚してお刺身を買ってきたら、こうやって盛り付けて「バイトして学んでよかった」と思うだろう。そういう微笑ましさこそが、大事。

それにしても「ナルコス」がすごい。ふつう、あんなに面白かったコロンビア編が終わったら、気持ちが失速してしまうだろう。でも、メキシコ編もますます面白い。人物が実在なのもすごいが、悪の美学と「運」についての考えもすごい。

大きな人物が死ぬ前には必ずスピリチュアルな状況が起きるのもすごい。

悪であろうとそれと戦う側であろうと、すごい人物同士は互いをなんらかの形で認め合う。その描写もすごい。映像は映画並みのクオリティ。

「愛の不時着」（あれは、心のない生活をしている現代の女性に響くに決まってる。結局は原点の男女の性差による強い惹かれ合いとか、田舎の生活の人間味のほうが本来人の求めているなにかだという……）にはそこそこしかハマれず（でもしっかり観てるし、いいドラマだし、演技うますぎだし、いつも予想を超えてくるのがすごい）に、こちらにハマってる自分もどうかと思うが、音楽もいいし、ひりひりする世界観もすごい。ドン・ネトがつかまるところなんてもう涙しちゃった。そして家族を切り売りしながら戻れない道を行く主人公の辛さよ。

史実以外のネタバレはしてませんよ～！

お向かいにとうもろこしをおすそわけしたら、奥さんからはちみつと激うまのパン[*31]が、夕方には帰宅しただんなさんから有名なシュークリームがやってきた。こんなに？　と思っていたら、ふたりはやりとりしてなくて、それぞれでお礼を持ってきてくれちゃったそう。うん！　ずっとマメに連絡をし合わないでいいよ、と思った。

チャイブの花

真のパワー

◎今日のひとこと

私はフードライターでもないのに、なぜか食に関する仕事をいっぱいしていて（なぜかって、そりゃ単に食いしん坊だから）、だからあちこちでこのような話を読んだ方もいると思うのですが、新たな体験によりまた少し考えがアップデートされたので、違う角度から書いてみます。

肉について書いていますが、ヴェジタリアンの方にも核心は通じる内容にしています。

「冷凍された肉って、なんか違うな」これは前から思っていたのです。

サボテンの小さい花

半解凍状態だと薄切りにはしやすいけれど、自然解凍して出てくるあの水みたいなものが、「おいしくなくなってんな」という感じがするんですよ。でも、後述しますが、冷凍かそうでないかは「重要だけれど最重要ではない」と知りました。

そして「低温調理ってなんか違うよな」これも、別にディスっているのではなく、特に食材の管理のむつかしい一般家庭では、衛生面を考えても、1回ゴウゴウのボウボウに熱した方がいいと思うんです。

あの調理法は、ものすごく材料を選ぶ気がします。

私の小学校時代の同級生が自分のレストランに低温調理器を導入し、いい牛肉でステーキを作ってくれたんだけど、本人が「なんかそれって生すぎねえ？」と言ってたのにものすごくウケた私でした。じゃ、出すなよ！

少し前に、冷凍したイノシシの肉をしゃぶしゃぶでいただいたのですが、「冷凍してあるのだから、そんなに臭みも力もないのだろう」と思っていたのが大間違い、ちょっと獣くさいたった1キロの肉を成人男性3名と女性3名で食べたというのに、全員満腹になり、しかも満腹というよりは、「力がみなぎった」というのが正しいような感じでした。よく「精力が」という言い方をされるんだけれど、そのジャンルというよりも、むしろ生きものとしての全てがアップする感じ。眠くならないし、短時間でパッと起きられる。

ナスDがシピボ族の最奥の村に滞在した時、

冷蔵庫がないところだから、何も獲れなければバナナを塩で煮たものを、獲物があったり祭りのときは捌きたての肉（しかもある程度までは狩りの現場ですぐ捌いて劣化を防ぐ）をその場で調理&すぐ食べる、そしてたくさん捕れたら他の村に分ける、という生活をしている村だったのですが、そこから山を降りて少し人里に近づいた食堂で定食を食べて、「この料理はあの最奥の村の味を目指しているんだろうし、確かにすごくおいしいけれど、今まであの捌きたての調理したてのものばかり食べていたので、力が全く違う」と言っていた、その気持ちのかけらがわかる気がしました。

アジサイ

◎どくだみちゃん

炭火焼

昔うちの近所に宮崎居酒屋があり、毎日のように通っていた。

安くてそこそこおいしく、いつも混んでい

て活気があり、

そして焼く人の技術が高かった。

彼は炭火の魔術師だった。

安い食材をおいしく変身させる気合と技があった。

名物は地鶏の炭火焼で、鉄板でジュージュー音をたてながら出てくる。

柚子胡椒をたっぷりと焼き油に溶かして鶏を食べ、最後にその油で小さいチャーハンを作ってくれる。

あるとき、焼く担当の人が変わった。

弱い火でも早めに焼いてしまうので、全体のできあがりが油っぽくなりもっさりする。

そして食材の安さや油の古さが際立ってくる。

客ってこんなにもわかっているのか、とぞっとしたのは、

そこからだんだんお客さんが減っていって、最終的に店がなくなったことだ。

あるとき、野田さんの地鶏の炭火焼[*32]を取り寄せてみた。

「こんなにちょっぴりしか入ってないの？」と最初思った。

でも、ホットプレートで焼いてみたら、まさにあのとき食べていたおいしいほうの地鶏の味がした。歯ごたえも、油も、おいしいほうの味よりもいっそうおいしかった。たくさん食べなくても大満足。

そして残った油であの頃のようにガーリックライスを作ってみた。

ああ、あの店の人たちがほんとうは作りた

かったもの、言いたかったことはこれだったんだという味がした。これか！　そういうことだったのか！　と。

家だから贅沢に食べることができるし、そういうわけで材料もいい。

あの日、あの焼き人は、かっこいい笑顔で、熱い炭火の前で汗だくになり、そんなにはよくない材料で、ベストをつくしていたんだなと思うと、胸がいっぱいになる。

きっと彼は今日もどこかで、あの料理を作っているのだろう。

そう思うと、あの日々が恋しくなる。

息子がまだ小さくて、オニオンスライスにかけ放題のかつおぶしになかなか「ストップ」と言わずにほんとうにかけ放題になってしまったら、やがてかけ放題システムが廃止

空き地の緑

された。

彼のせいなのか、店の経営の問題だったのか、そんな懐かしい日々よ。

◎ふしばな　うなぎパワー

「うお〜、目の前の川ででっかいうなぎが釣れました！　今捌きました！」ととんでもない写真の数々が深夜に何回も送られてきてドッキリする、そんな友だちのりんたんなのだが、もと自A官でしかもレンジャー部隊にいたので、捌きのスキルがハンパない。すごくきれいなのだ。そして冷凍の仕方も雑なように見えてとても衛生的でていねい。肝からもちゃんと胆嚢が取り除いてある。

それにしてもうなぎ全体から漂ってくるこれまたハンパない川の匂いというかどぶっぽい匂い。くくく、これはどうしたものかと思いつつ、がむしゃらに下ゆでして血合いを洗って肝吸いを作る。そのへんの醤油とか酒とかほんだしで。

そうしている間にもりんたんがものすごい勢いでうなぎを蒸し、焼いている。

そしてやっぱり家中が川くさい。

しかしタレで焼いたら臭みは消えた。さらに肝吸いもおいしいレバーの味になった。

食べているあいだ、全く油の重みは感じなかったが、なんだかわからないけれど身体中が熱くなる。汗だくになる。部屋の温度は変わっていないので、うなぎ力と思われる。

それから数時間ずっと、自分から川魚の匂いがする。こりゃ、すごいなと思った。なにをしても取れない匂いだ。うなぎを触った手がつるつるのピカピカ。

臭いなあと思いながら過ごしていたが、ふと気づくと全く眠くない。疲れもない。ハイなのでもない。ふつふつと体力が湧いてくる。これがうなぎのほんとうの力なのかとびっくりした。

明け方まで仕事をして、やっと眠くなって寝るが、目覚めもすっきりだ。さらに夕方まで全くお腹が減らない。そして悩みが一切なくなる。体に入っていたよけいなものが毛穴から尿からどんどん出ていくのが実感できた。

なんだこれ？　食べものってこんなにすごいものなのか？

よく病気にならないようにとか、病気になったからと言って食養生をする人たちがいる。見るとたいてい、様々な意味で力を失ったものを食べている。顔色も悪いし。弱っているときにがっつりとうなぎを食べたらポックリいってしまうのでゆっくり食べるように用心した方がいいが、だんだんと力がつくものを食べさせて、病を忘れる。それがほんとうの食養生なのではないかと思う。だからもしがんとかになってヴィーガンやヴェジタリアンになる場合は、野菜の鮮度が重要だし、こねくり回して熱が通り過ぎたケーキなどにしたりしないで、でも生をがりがり行くのでもなくて、消化にいい最低限の調理にいい塩胡椒がいいのではないかと思う。

いいというのは高い、ではなくて新鮮でカビてない&ミネラル分が多い、である。

ホットプレートでもカセットコンロでもいいから目の前に置いて、いい油（前文と同じく、高くなくていいから新鮮で人工物ではないもの）でただ焼いて塩胡椒をがりがりかけて食べたらかなり健康だ。食べられたら卵などもそのあと焼いたり。

素材の由来、それがいちばんの力なのではないか。冷凍してあるとかないとかいうことはいちばん大事じゃないとうなぎで初めて知った。力があるかないか、新鮮さが感じられるか感じられないか。千葉の川が海と交わる近くで力強く生きて育った、そんなことが感じられるうなぎだった。だから力をくれる。それは「命をいただく」なんて言葉では語れない、リアルな、単に霊が口から入ってくるくらいの体験だった。

近所のユリとか

◎よしばな某月某日

80年代にはa.k.a.「ガラスのアイデンティティ」「吹けば飛びそうな少女っぽさ」だったはずのこのオレが、なぜか今はゴリゴリのがさつ一直線という評価になっている。しかも偏り切っていたはずの思想も今や人間味よりという評価。全て時代の変化だと思う。

　だってこちらはなにも変わってないのだから。そもそも勝手にそんなイメージがついたのだから。作風も実はなにも変わってないってのに。字で読む大島弓子先生的な。大島弓子先生の直系の子孫みたいな。

　いつも思ったより背が高い、思ったより太っている、思ったより明るい、などと言われてムッとしたものだ。


　うなぎを食べたら寝なくてもいいスタミナがあったので、「日本沈没２０２０」[*33]をいっきに観る。深夜に観る厳しいアニメはほんとうに怖い。私のいちばん嫌いな漂流も出てくるし！

　でもとってもよかった。ただ、私はスポーツ全般をあまり好まないので、最初に主人公が足を怪我したときにすでに「これは…あのピックにつながる流れだな」と思ったのが当たってしまったことだけはネタバレない程度に残念だと言っておこう……。

　現代の職業、ラッパー、ユーチューバー、ゲーマーがどうしてかっこいいのか、なぜみんなが憧れるのかがちゃんと描いてあったのもすごくよかった。彼らは自由だからなのだ。自分の生活を人に決めさせないから。だからどんなに忙しくても彼らはがんばれるのだ。


　最後の最後に、日本のすばらしさについての泣ける映像がめくるめく勢いで流れて、ぐっときていた私に、息子が「ね〜、うちに前ガリガリくんをかき氷にするやつあったよね！」と話しかけてくる。その前に「ガリガリくんが折れた！」「皿に乗せな」という会話を交わしているときもかなり、話しかけるなオーラを出していたのだが。

これほど空気を読まない人物も珍しい。

「少し黙っとけ」とついに言う朝5時。

こんなふうにいっしょに暮らせる日々ももう長くはないんだな、と思うと、作中のお母さんの読む絵本がしみてくるのである。いくつになっても、かわいいのだ。

まだまだアジサイ

歯と耳

◎今日のひとこと

久しぶりに激しく歯の治療をしています。ここ10年くらい虫歯もなく過ごしてきたというのに！

大先生もそろそろ本格的に引退するだろうから（でも指導はしていてほしい）、共にくぐりぬける最後の大仕事……だといいけれど、歯を大切にしないと先生が現役のうちにまたおおごとになってしまうから、気をつけます……と思い、粛々と通っています。

40年前に治療した歯の根っこに炎症ができるというよくある治療なのですが、歯茎にぽつんとできたなにかを見ただけで「これはあ

イタリアンのコースの中に小さなハンバーガー！

れだ」と判断する先生もすごいし、
　そのあとに、多分私が忙しくて「痛くないからまだいいです」と言うに決まっていると思ったのでしょう。先生は説得にかかってきました。
　先生「一日座って仕事をしているあなたのような人はね、きっと食事の時間が楽しみだと思うの。食べものに制限があるのはつらいと思う。なにを食べていいとか、これはダメとか、それはきついだろうと。だから治療した方がいいんだけれど、少し時間がかかる治療だから、多分通えないと思うんだ」
　私「いや、通います、すぐさま」
　先生「それでね、今痛みもないのに、なんでそんな面倒な治療をするのかって思うと思うんだけれど、やっぱりね、痛くなったときにいろんなものを食べる楽しみがなくなる、それよりも、今しばらく不自由があっても、治す方向がいいと思うんだよ。少し先になってもいい、まとまった時間ができたら、考えてみてほしい」
　私「いや、来週から、来ますけど」（来るって言ってんのに）
　先生「これは時間がかかる治療で、1週間に1時間、口を開いてなくちゃいけない。それが1ヶ月続いて、その後にまたいろいろ決めなくちゃいけないことがある。だから、よく考えて」
　私「今はコロナで出張がないので、基本大丈夫です。予約していきますね」
　先生「しばらくは、こちら側の歯を使えないから、しばらくだけ、食べものにも制限がある。でも長い目で見たら、今痛くなくても、いつか必ず痛くなるから」

私（こんなにも何回もすぐ来るって言ってんのに〜）「大丈夫っス。つまりは加齢っスよね。こっちがわでフランスパンとかおかきとかいぶりがっことか食べなきゃいいんですよね？」（ここで受付にいる先生の奥様がゲラゲラ笑うのが聞こえてくる）

というわけで、今私はフランスパンとかおかきとかいぶりがっこを食べるときは、首を傾けてがんばって片側だけで噛んでいます。

店の人や家族から見ると、かわいく首を傾げてるぶりっ子なおじいさんに見えますが、私の顔は常に真剣！

美しかった前菜

◎どくだみちゃん

ごく自然に

小学校の同窓会で、銀座にある同窓生の店に貸切で行く。

同窓生はちゃんとコースを作って、食事代だけ取って、ワインは飲み放題にしてくれる。

飲み放題だからといって、同じワインが何本も出てくるわけではない。

そこそこいいワイン（でも決して良すぎるものではない）が惜しみなく出てくる。

コースも全く手を抜いてない。同窓会なんだから大皿で出して勝手に食べてという発想もない。

かといって、お客さま扱いするから、次は別のお客さまを連れてきてということもない。

酔うとうるさい奴がメンバーにいる。みんな冗談で「あいつだけこの離れた席にするとちょうどいいんじゃない？」「おまえが横に座ってやれ」「いやだよ」そんな会話をしているうちに本人がやってくる。

「あんたがうるさいから離れた席でいいんじゃない？　って今話し合ってたんだよ」と言うと、「そんなこと言うなよ、他の会でもよく言われたり出禁になるんだよ」と言う。

「さもありなん」と全員が言いつつ、「いいよ、俺離れて座るよ」といじけられると、「いいからほら、こっちに来な」と座らせてやる。

お金を集めるとき、貸切だったしワインもたくさん飲んだから、お釣りはいらないとみんなが言う。みんながちょっとだけ多く出した。

いいよ、受け取れないよとマスターは言い、いいから取っとけよと彼のいちばんの幼なじみが言う。

店を出て元女子たちが「稲庭うどんはちょっと多かったね」と言う。元男子たちは「そう？　全然食べれたよ」と小学生のときと同じ感じで言う。

だれも「奴にそれを言ってやったほうがいい」などとは言わない。

そして二次会もなく夜の街でその場で解散する。それだけ。

それだけの中に、だいじなことが自然にいっぱいつまっていたから、

レベルの高いところで勉強させてもらったな、小学校時代は、と思う。

この感覚は中学高校大学とどんどん減っていったな、と。

点滴した薬の副作用で、バリのいいホテルに泊まっても気持ちがずっと晴れなかった。それでも今になると、リビングの棟と宿泊棟の行き来に、毎回プールの前を歩いたことをよく思い出す。プールにきれいな空が映っているのを見ながらてくてく歩く。

歩きながら、少し前に行われたその同窓会のことを何回も思っていた。

あの間合い、よけいなことをしない感じ、思いやりあい、でもべたべたしてない、なんだかよかったなあ、あの人たちと小学校時代を過ごせてよかった。

そのときは冴えない気持ちだったけれど、今思うと、そのことを考えながらにこにこし

て家族のいるほうへと歩いていた自分は、とてつもなく幸せだったなあと。

プールの水に映る空

◎ふしばな
順番の大切さ

というわけで、私のしているのはかの有名な「根管治療」というもので、40年前に神経を取った歯の根元に炎症が生じたという50代あるあるだ。

それでも40年間も保ったのだから、前の先生もかなりいいお仕事をなさったのではないかと思う。

まず、かぶせてあった金属を取る（工事現場でしか聞いたことがない音がした）。そして歯を削る。歯の根っこに通じていた3つの管を、フロスでこすって掃除していく。管を奥まで開通させて、さらに広げる。書いてるだけで気絶しそう。神経がないところでほんとうによかった！

その期間、毎回消毒して殺菌する薬をつめていったん仮に穴をふさぐ。

そしてその消毒と殺菌が効果を表しているのを確かめた上で、また取ることが可能なものをかぶせる。様子を見て大丈夫そうなら、ほんとうにセラミックなどをかぶせる。

その管をそうじするとき、こちらもたいへんだが先生はもっと大変だ。弱電のレーダーみたいな機械で「ここが歯根だよ」というところをピーピー音で確かめながら、歯茎を傷めてしまってますます炎症が起きないように、注意深く消毒しながら、取り残しがないように管をシンプルな形に広げていく。次に詰めた薬が機能するように。

これって全く、お料理と同じくらいに、いや、他のジャンルでも同じなのかもしれないが、手順のていねいさが将来を決めることではないだろうか。

たとえて言うなら、肉じゃがを作るとして、肉に浮いた水分を取る、下味をつける、芋の皮むき、切る大きさを揃えるなどの過程のどこかで手を抜くと、仕上がりが殺風景になり、味もあいまいになる。

ただ冷凍肉をフライパンにぶっこんだら肉が硬くなり、芋の皮が残っていたら食感が悪かったり、大きさが不揃いだと小さい芋が崩れて見た目が悪かったりする、そんなようなことだ。

完成形を美しくし、火も通り、味もちゃんとついているようにするのなら、ひとつひとつの過程がとても大切。それと同じくらい、手を抜こうと思えば抜けるところをていねいにやるのがいちばん肝心なのだ。

昔、地元で通っていた名医が、神経を取り、消毒して、金属をかぶせた。そのときに少しでもてきとうにやっていたら40年は保たなかっただろう。数年経てばすぐにまた炎症が起きただろう。その頃にはきっと先生が引退していたり、私が引っ越していたり、もう責任なんてない。それでも、ていねいにやってくれたのだろう。

そして今回の先生だって同じだ。先生はあと40年治療を続けないだろう。この世にもいないかもしれない。それでも40年先を見て、治療にベストをつくしてくれる。

この手順、もっと簡単にしている歯医者さんはいくらでもあるような気がする。基本の期間はちゃんと決まったことをやるにしても「だいたい取れた」「だいたい穴ができた」「とにかく消毒しといてあとは運任せ」みたいなことが。

でも、できればきっちりやってていねいに仕事をしておきたい、という気持ち、それは患者への愛さえも超えて、歯への愛なのだ。

たとえは悪いけれど、トイレ掃除って、「家族への愛のためにやる」と思うのではなくて、「トイレと自分との関係」だと思うと、楽しくできる。

もちろん家族に快適に使ってもらいたいという気持ちはあるけれど、それ以上に、トイレに対する感謝があれば、苦にならない。

それと同じで、「患者への愛」「できれば長く歯の健康を保ってほしい」という使命感はあるにしても、根底に個人的な感情抜きで「全ての歯に対してベストをつくしたい、技

二重の緑

術をしっかり使いたい、誰にもほめられなくても完成形がイメージできているからそこに向かいたい」という気持ちがあるのが、天職というものなのだと思う。

◎よしばな某月某日

「ママ、耳に小指を入れると壁があるよね？」

「ないよ？　それに鼓膜には届かないし。空間だけがある」

「僕にはあるんだよ、ずっと昔から。届くところに壁が」

ライトで照らしてみたけどわかりません。耳かきを入れてみると確かに壁が。削ると少しずつ取れる。きりがない感じ。

「綿棒で耳垢取ったりしてるんだよね？」

「してるけど」

夫婦で首をかしげる。

「わかった、遺伝がどうなるのか詳しくはわからないが、君だけが湿った耳垢タイプなんだ。あるいは乾いていたけど蓄積で固まったのか」

夫が言う。私も夫も乾いている系。

まさかこの人の子じゃない？　と思ってみるも、覚えがない＆そうして悩んで話し合っている男ふたりの顔はうりふたつ。逃げ場がない似かただ。

「耳鼻科へ行け」

ということになり、彼はひとりで耳鼻科へ。

あとから写真を見せてもらうと、ありえない大きさの塊がふたつ摘出されている。小指の第一関節分くらいの大きさ。

さすが近所でも名医と名高い先生の技だ。たった3分で取り出せたという。

「あれを取ったらこの世の全部の音のボリュームがでかい」

と彼は言っているが、こんなに近くにいながら子どもがずっと耳栓をした人生を送っていたとは、なんということでしょう。

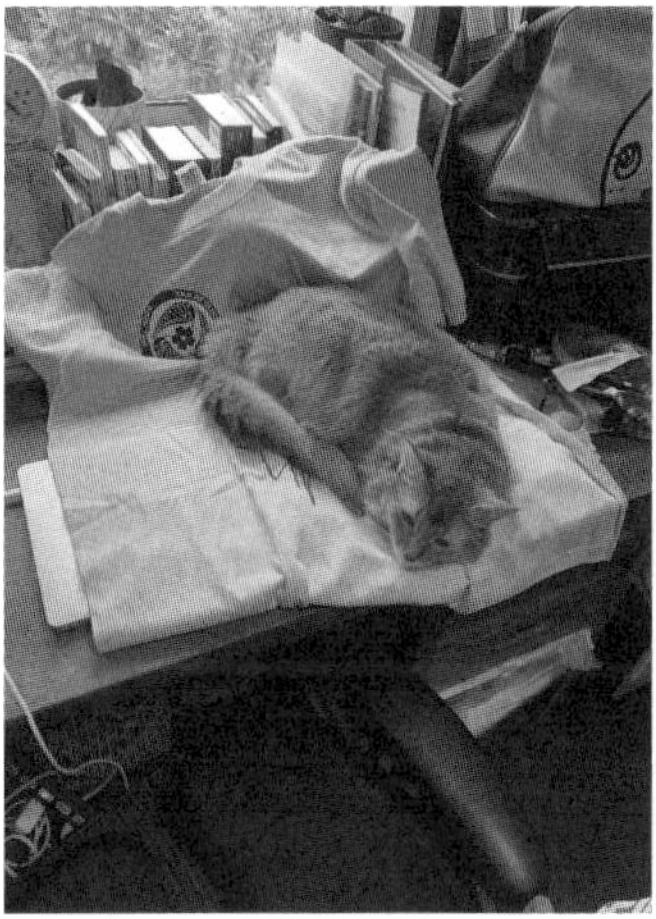

Tシャツ返して〜！

住む世界を考える

◎今日のひとこと

お金持ちになりたいなと無邪気に思うことは誰にでもあると思いますが、お金持ちにも種類があります。すごいざっくりさですが、不動産、財閥、実業などなど。

それぞれはゆるくつながりあっていますが。

そしてそれぞれがそれぞれの歴史あるクラブのようなもの（ただし明確にあるわけではなく、空気が決めている）に入っていて、ライフスタイルはきっちり決まっています。

新参者でもその中で信頼がおける人とみなされれば、子どもや孫の代まで互助会のような（決して陰謀論でもなく、いやらしくもな

またもTOMOちゃんのお弁当を注文!

い、当然の人づきあいとして）システムがあり、だれかが困ったらだれかが助ける。その代わりに狭き門ですし、あまり外れていたら追い出されるようになっています。ここで保たれている大切な文化があるのです。

[*34]帆帆子ちゃんの日記本を読むと実感できるかもしれません。成金ではない代々のものであるところのあの階層を、あれほど自然に文章に表せる人を他に知りませんし、どういう感じなのかが実によく描かれています。お母さまもお父さまも周りの人たちもほんとうにすてきで、まさにあの階層のいい面が（だから私はその階層の人たちとある意味つきあいやすい。絶対初対面で仕事を頼んできたりしないから。そしてもの書きのたいへんさをちゃんと理解し、リスペクトしてくれるから）。

彼女のことをすっとんきょうでローラのような感じの無邪気なお嬢さまだと思っている人は多いと思うけれど、実際にとんでもない変な人たちにいっぱい会った後で彼女に会うと、「この世でいちばんまともだな」と思うのです。育ちがいいってやっぱりすごいなと。そして変な人たちが彼女につけ入ろうとしても、一族郎党そしてご先祖さまががっちり守っていて近づけないし、彼らの「自由に遊んでどんどんやりなさい、でも、変なことにはさせないぞ」という願い、その迫力を感じると思います。

その階層の人たちは実に品が良くて、遊び心も人間味も人間力もある。でも服装もセンスもある線を決してはみ出さない。東京アメリカンクラブとか富士屋ホテルとかクラブメッドをイメージしてもらえるとなんとなく伝わるでしょうか。

みんなすごくいい人で、うまくいっている間は感じがよく、雨が降れば傘を貸してくれるし、高価な贈りものを送りあったり、真摯に相談に乗ってくれたりします。

そしてひとたびなにか起こり、クラブ全体の風紀を乱したとなると、ほんとうにさっと一瞬で扉が閉まります。

それは、決してひどいことではありません。彼らを守っているのはその互助会だけなのですから。

同じ「破産しました」でもその互助会の中の人たちが残すべき才能と感じれば、どこかから必ず援助がある。

しかし「それはそうだろう」というダメな破産であれば、みなが一瞬で去っていきます。

涙を流して「気の毒に、なにかできることがあれば」と言ってくれても、「じゃあ空いてる家に住まわせて」と言ったらきっと断られます（笑）。

しつこいようですが、それは決してひどいことではない。

そういう甘えを決してしない人だけが生き残る、その判断力だけで何代も生き抜いてきた人たちなのですから。

実際ああいう人たちに無人島サバイバルをさせたら、かなりの率でちゃんと努力、判断して生き残ると思いますし。

だからお金持ちと一般人は微妙に絶対交わらないのです。たとえ紀ノ国屋で同じレジに並んでいても。

それをまず知らないと、闇雲に「お金持ちになりたい」とは思えないはず。単独の「お金持ち」って実は存在していないのです。していたとしても短期間になってしまうし、意味がないのです。「お金持ち」という職業に就職するような感じと言えばいいでしょうか。もともとその世界にいなければ、入会するときには、これまでの友人知人親戚とは基本、縁を切らなくてはなりません。

私は「小説家」という立場を利用して、よくそちら側の世界に遊びに行きます。全然堅苦しくないし、趣味もかなり似ている。自由もたくさん認めてくれる。でも当然長くはいられなくて、またこちら側に戻ってきて猛然と自らの手で部屋をそうじしたりホッピーを飲みに行ったりします。彼らのことはよく知っている。でも、芸術家はそういう人たちに作品と自由の風を見せるためだけにいる、という線は決して超えません。

ちょうどテイラーが顧客の服を30年作っていても、その気になって顧客と飲みに行ったりしないように。

だから、自分がお金持ちになりたいというとき、なにに属することになるのかは知っておく必要があると思います。

「アフターコロナと宇宙の計画」[*35]というウィリアム・レーネンさんの本を読みました。

ウィリアムをほっこりしたおじいさんと思ったら大間違い。真実しか見ないとても厳しい人です。でもほんとうにその人自身の幸せを願っていることに関してはかけねない人です。その証拠に彼がお店の人に言う「ありがとう」は出会った頃からずっと毎回、ほんとうの本気なのです。

私もそうありたいと思っているのですが、つい形だけになっていることが多いです。

あんなに本気でありがとうを言える人を、私は他にアリシア[*36]と兄貴[*37]しか知りません。

そんなウィリアムがこの過激な本の中で書いている、人の幸せ、魂の望み。

お金に対する考え方。

それがほんとうだなと思うのです。

いつかホドロフスキーがお金について講演をして、「あれば使えば良い、余ったら人にあげれば良い。ただそれだけだ」と言いました。その生き方をするには勇気がいります。

つまりお金持ちとは「余裕」を持つことであり、それを手放して今を生きるということはものすごい勇気がいることだから。

何回も書いていますが、ふだんは安価なものを楽しく買い、自由に街を歩き、高いホテルからそこそこの安ホテルまで選ぶことができ、たまには高級レストランにちゃんとした服を着て行ける。私はそのくらいでほんとうに大満足なので、大金持ちにはならないだろうと思います。たとえなっても、そのスタイルを崩したら取材できなくなるから、しないでしょう。

平野紗季子ちゃんの「私は散歩とごはんが大好き（犬かよ）。」[*38]みたいに、生きている街を、変わりゆく世界を地に足をつけて汗をかきながら見ていたいのです。

そして普通の勤め人の生活からほんの少し浮いた視点で、人類を見ていたいのです。

兄貴やウィリアムのように、ひとりなにかを決心して異端を選んだほんとうに偉大な人はどの階層にもランダムにいます。その人たちに出会いたいのです。

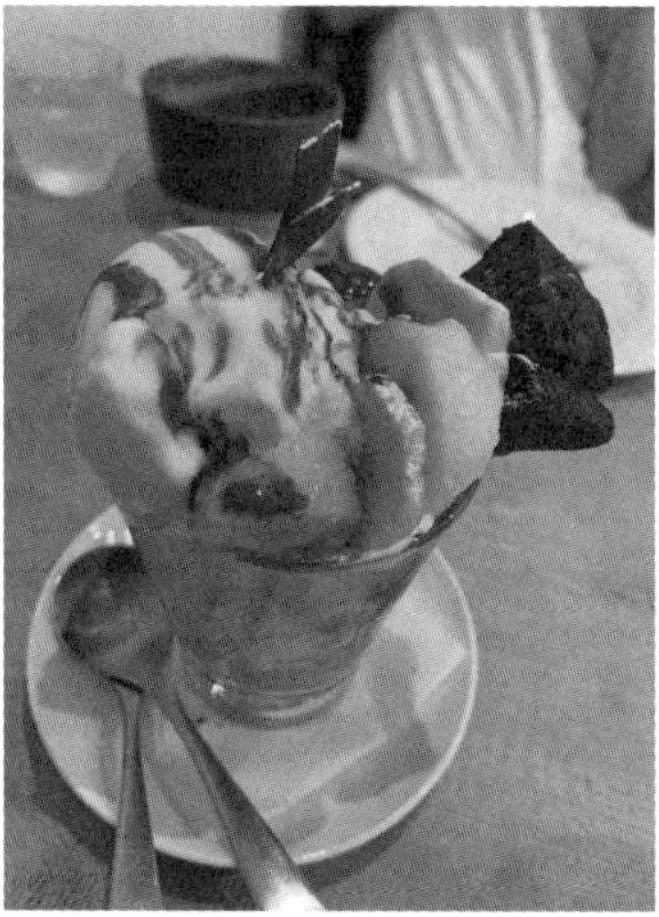
パフェを半分こ

◎どくだみちゃん
はじめてづくし

梅雨の中で誕生日を迎えることも。
多分人が作ったのであろうコロナウィルスに翻弄されることも。
全てが初めての今年。

でもほんとうは去年と同じ年なんてないのだから、いつだって初めてなはず。

そう思うと、ちゃんと四季を巡らせ（そういうわけで少しずれてきてはいるが）、ちゃんと季節にはその季節の花を咲かせる自然の凄さを知る。
どれひとつとっても、失われたら人が死にかねないようなこと。

それでも脅したりせずに淡々と与える、与える意図さえなく。

全ては急にはやってこない。地続きでやってくる。

だからこうして少しずつ季節がずれ、

いつかとりかえしのつかない日がやって来ることは容易に想像できる。

今の私たちは、夕方に親が「ごはんですよ」と呼んでいるのに、

「あと5分だけ」と聞かないふりをして外で遊ぶ子どもたちのようだ。

支配層はまるでその5分に子どもを誘拐しようと狙っている犯罪者みたい。

そうでない人がこんなにたくさんまだいるという、

そのことだけが光。ほんものの梅雨の晴れ間。

玉子じたてのデザート

◎ふしばな

最強

「新黒沢　最強伝説」[*39]を読んでいるのだが、社会の最底辺から見た世界の成り立ちというのがあまりにもリアルすぎて、「あるある！」と思う。もちろんまんがなので面白おかしく笑えるように書いてあるのだが、ほんとうにある意味リアル。お金持ちとずるい人を描かせたら福本（伸行）先生は天下一品だ。

自分が大切にしている古着や、かわいい柄のTシャツ、金色やピンクのギョサンなど、日々の中でちょうどよい服というのが私にもある。

金のギョサンとタイダイの水玉のパンツの組み合わせなんて、足元を見るとほれぼれする。

決して激安なものばかりではなく、適正な価格のものである。

もしそれを着ていくとみすぼらしすぎて恥ずかしくなってしまうような場所があるとしたら、自分はそこからはじかれているのではない。「自分が」そこを選ばなかった生き方をしているのだ。果てしなく負け惜しみっぽいが、ほんとうにそう思っている。

服というのは、よほどの工夫（一回縮ませているとか、上から塗料でコーティングしているとか）がないかぎり、綿、化繊、毛、シルクでできていて、あとは刺繍の手間だとかデザイン費だとか輸送費だとかで高くなっていく。つまり、高いからいいっていうわけではないのだ。

それでもやはり、同じような服でもちゃんとしたブランドとそのへんの手作り品は違う。デザイナーが学んできたセンスや生き方のお金が入っているのだ。関わる人たちもアイロンのかけかたからボタンのつけかた、接客のしかたまで専門家であることに意味がないとは決して言えない。

だから、ふだんはそこそこ安くセンスのよい服を着て、数着ブランド品を持っていれば現代社会は事足りると思う。

いいレストランに「これがオレだ」とギョサンで行くのもアウトだし、居酒屋に、あずけたくないような値段のコートやドレスで行くのもアウトだ。

その程度のことなので、高額の品を買ったり借りたりすることにはほとんど意味がない。

私が知っているお金持ちの中で複数の一族が、服はデパートの外商に、家具は専門のコーディネーターに選んでもらっている。

それよりは自分で服や家具を選んだほうがよほどかっこいい生き方だと思ってしまう私は、「だからこそ」大金持ちになれない。

私も何回かお金持ちクラブの暗黙のテストを受けたことがある。あ、これはテストだと思うと、いつもそっと引く。

「サッカーをいい席で観戦することにご興味はありますか？」

「世界の三つ星を食べ歩く会に参加しませんか？」

「それでしたら今度大使公邸でお食事しましょう、そこでいろいろなお仕事のお話を」

(もちろんお仕事でいろんな大使公邸にご招待いただいていますが、いつもうまくごまか

して帰ってくる）

大金持ちの兄貴が上半身裸でいるのを見るとなんとなくホッとするが、兄貴が着ている服はいつもシミひとつない清潔さだ。そこがキモだと思う。

ひとつだけ怖いのは、ずっとTシャツに短パンであぐらをかいたりして過ごしていると、いざというとき（授賞式とか海外の星つきレストランとか）に、うまく動けなくなっていることだ。トイレに行くときなど、大股で歩いてしまったりする。うっかり指をなめたり、いつのまにか靴を脱いでいたり。

体ってすぐ染まってしまうのだ。

ちょうど1週間引きこもって人に会わないと、しゃべるときちょっとあわあわしてしまうような感じで。

だから兄貴のように、どこにいても変わらないけれど不自然でもない、自分のフィールドに常に軸足を置いている、そんなことを見習い、目指していきたいと思う。

梅つけまくり

お金の使いっぷりではなく、常にお手伝いさんがお茶を持ってくると「おおきに」ときちんと言う、そこにこそ憧れを抱いたままで。

◎よしばな某月某日

そりゃなんとなく歯の根を広げたり奥まで消毒してるなとは思っていた。

そして今仮にかぶせている粘土みたいなやつが取れても、そのままにしておいて翌週消毒したらいいんでしょくらいに思っていた。

しかし「じゃ、今回も外していきますね〜」と言って、先生がメリッと外したその粘土の先には、びっくりするほど長い3本のひもがついていた。なんとなくだがミギーとかヒグチユウコ先生のあれを想像してもらえると伝わりやすい。

先生「ほら、この3本が歯の根っこ」

私「え〜、こんなに深く掘ってたんですか？　怖いよ〜！」

そんな私の声が医院中に響き、まさに「ざわ……ざわ……」となった。先生、ごめんなさい。

歯ってこんなに奥まで根っこを持ってるんだ、これってもう鼻の横じゃん、くらいの感じ。

こんなすごいことが日常的に行われている歯科医院という場所を見たら、「西洋医学なんて全部アウト、自然治癒力だけを信じましょう」とはとても言えない。こんなの自然には治らない。こういう外科的治療よありがとう！

ただ、薬って全般的に多いから、たいていの場合私はもらった薬の四分の一くらいでバッチリ。

その分量に関しては、それぞれ違うと思うけれど、少なめから始めるくらいには自分を知っていると楽しいかもしれない。


しかし、こんなに掘って消毒したら確実に痛みは出るでしょうと思うんだけれど、薬が出なかったので安心していたら、夜すっごく痛くなった。

「愛の不時着」がリアルに感じられて良かったけど。なにせあの人たちやたらに撃たれるから。

痛いときに愛を貫くのって大変だろうなと思いながら。

近所の森のような木の、花々

別れに慣れる

◎今日のひとこと

この年齢になると、死別がたくさんあります。

それはどういうことかっていうと、単にもう会えないっていうことです。

人間は自分に対してもうそをつくから、本人に聞いたからってほんとうのことを言ってくれると限りません。

でも、そういうこととは別に、物理的にもう聞けないのです。

「あのとき、どう思った？　私が最後に口の中にハチミツ入れたとき」

「動けない足を踏んじゃって、しかも髪の毛

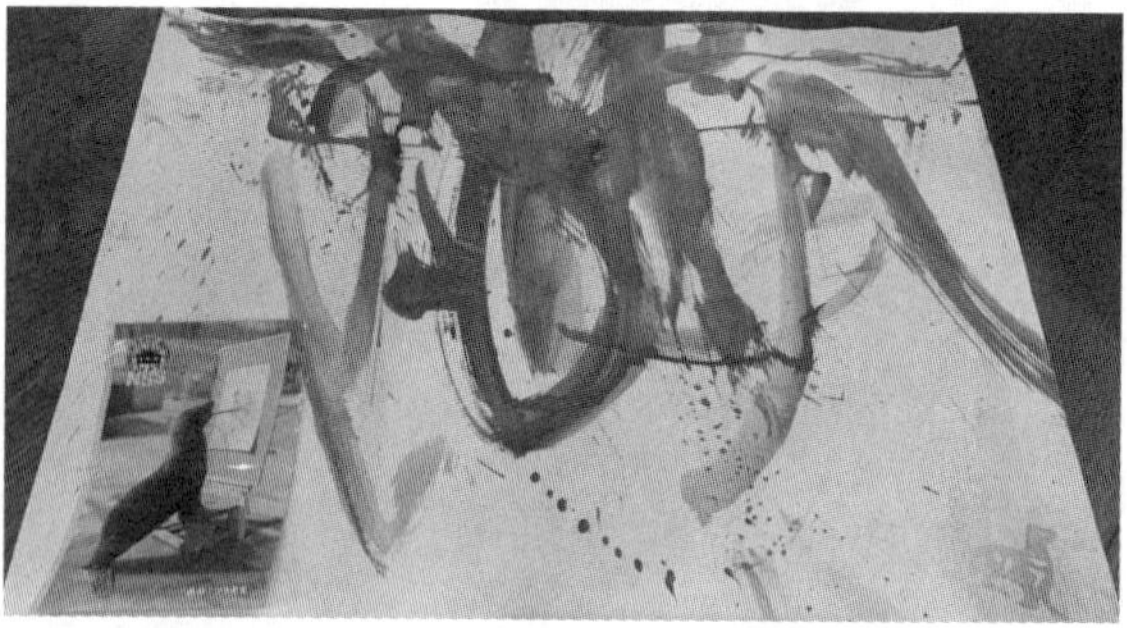

オットセイが描いたすごく生臭い絵

を留めてって言われたのに、あまりきれいにできなくてごめん、辛かった？」

　それだけのことが、死んでしまったらもう絶対に聞けない。

　きっとこうだったよ、とか、サイキックが「故人はこう思っています」といくら言ってくれて、99%ほんとうだと思っても、1%を確かめるすべがもう永遠にないのです。

　そういうことなんだなって、思います。

かといって、生きていくしかないのです、生きてる方は。


　離別だって同じです。

　もう記憶の外にあるくらい遠く、その痛みを心の中でも完全には再現できないのですが、これまでにいちばんショックだった失恋は、彼氏と会話していて、「花の香りがみんな嫌いだから、君の香水の匂いが苦手」と言われたときでした。ドルチェ&ガッバーナの（笑）、ではなく、チューベローズと薔薇が私の定番で、あとは気分によって炭とかDAWNの香水をつけることが多いのですが、そのどれもがすごく苦手だけどもう慣れた、とさらっと言われたのです。ああ、終わったなと思いました。ああ、わかっちゃったな、と思い、聞かなかったふりがしたかったくらいでした。でも、もう戻れないんですよね、聞いてしまうと。

　私は大汗かいたり3日間同じシャツでも着てない限りは、なんにもしてなくてもちょっとだけ薔薇の香りがする体臭なので、それはつまり、本体を生理的に好きじゃないって言われたのといっしょで、彼のほうはそんなこと全然どうでもいいっていう態度だったので

もう帰ろう?

すが、これはもうむりだなと思って、数ヶ月悩んだ末に別れました。

　自分ではどうにもならないことが恋だとしたら、相手のそれは恋ではないなって思ったんですね。こちらの好きにたまたまタイミングがあってつきあってもらっただけなんだなって。

　どうにもならないけれど悲しかったあの気持ちも、ずっと時間がたった今は宝なのです。辛いのはそのいっときだけ。あとはちゃんと日常が救ってくれる。

　日常が薬で、時間も薬。自分の手作業が今を知らせてくれる。

　すごいシステムだなあとしみじみ思うのです。

◎どくだみちゃん

さよならなんて云えないよ

　終わるとわかっていたから、楽しかったのだろう。

　いつもヒヤヒヤしていたのは、終わりかたも見えていたからだろう。

薄氷を踏むような中で、たったひとつ確かだったものがキラキラしていたからだろう。

それはなんだったのだろう。

たまに、夜寝ていると猫がとなりにやってくることがある。

猫には手をつなぐ習慣がないからこそ、猫が手に手をそっと乗せてくると嬉しいし、奇跡だと思う。

それと同じだった。種族が違うのに、一点だけ通じ合っていたことだ。


山道でいくつもカーブを曲がる。

木漏れ日が車の中にきらきら満ちて、遠くに海が見える。

冷えた車の中、無言で同じ景色を見ている。

この一瞬を永遠だと思った。

そのことだけが残る関係なのだから、やはり良きものだったのだろう。

◎ふしばな

慣れるなんて

別れに対するいちばんの薬は、時間。

つやつやの葉っぱ

それはもう、古今東西万国共通の教えだろう。

しかし歳を重ねると、もうひとつのことがわかってくる。

私は主婦なので、だれが死のうが、だれが去っていこうが、ごはんを作らねばならない。トイレットペーパーや洗剤を補充しなければならない。この「ねばならない」は「義務」ではなく、そうしないと自分も快適ではない(夜中の2時にコンビニに走って高い単価でものを買わなくてはならなかったりするから)ということだ。

この、「ねばならない」は直後に特に効く。人死にでも同じだ。

葬式を出さねばならない。役所にいかねばならない。銀行の口座どうしよう、相続税払えないなら引っ越さねばならない。

今くらいそっとしておいてくれよ、と思うときのこのタイプのことが、実は特効薬だ。

そうじはともかくとして、洗濯はしないとな、悲しみは抜けないけどな、あ〜あ、そういう感覚。

手を動かしていると、いやでも「今」にいられる。

故人のあるいは別れた人のことを考えていても、今は今なのだ。そこがだんだん1ミリ2ミリと、1秒また1秒と伸びていって、別れの悲しみは今に負けていく。

これが人生の醍醐味だろう。

そうとう仲が良かった人も、この567の流れの中で、またその経済の事情がせっぱつまって人格が不安定になっている人も多いので、決定的に意見が違って離れていくことが多い。また、死別ももちろん多い。

でも、だんだんわかってきた。別れの瞬間は頭がキーンとなってちょっとした興奮状態になり、翌日から淋しく悲しくなり、だんだん薄まっていく過程。手を動かして、とにかく食べて、歩いて、動いて、寝て、その中でどのくらい、いつ頃がつらくていつ揺り戻しがあって、いつ大丈夫になるのか、そのだいたいの期間まで。慣れたくない、でも「別れ」に慣れてしまったんだ、60年近く生きて。

それぞれ事情も違うし、死別と離別は違うから、毎回フレッシュなのでは？　と思いたい。でも違う。確実にパターンはあり、慣れてきている。

そんなふうに思うと、ものすごい揺り戻しでこの世が真っ暗に見えても、きっと明日私はごはんを食べるんだろうと思う。トイレにも行くだろう。TVも見るだろう。こんなつらい気持ちを味わうなんて耐えられないと思っても、それはまた薄まるだろう。

要するに無間地獄をうす〜く味わってる感。それが別れ。いないことに物理的に慣れていく、それだけ。

いつか自分も去っていく。そのときまでに、生きれば生きるほど周りの人の死別を体験する。人が減ってだんだん静かになっていくわびとさびの中で、落ち着いていられるかどうか。たとえば私は犬を最後まで飼いたい。でも、もしかしたら最後の方は飼えないかもしれない。そのとき思い出だけで耐えられるのか。

自分が先に死ぬとその点は楽だが、人生修行の最後の宿題であるそのわびとさびの味を

NARUYOSHI KIKUCHI
"Sings, Plays & Seats"
flowers of romance
［ピスコ、シャルトリューズ、赤紫蘇、レモン］
¥1,600
¥2,500
ブルーノート東京にお越しの(選ばれし)皆様
おりまして、つまり、私は、ステージの上から、そういう光景しか見た事がありません。
ブルーノートのライブ、特別メニュー

知らず、少しでも重ねる数少ない愛する人との思い出も減り、自分の体を最後まで世話する最大の課題もできない。

ほんとうによくできた修行システムだなと思う。神様でもいると考えないと、とても信じられない、ここまでよくできているなんて。

◎いつもそこそこ黒いけどいっそう黒いよしばな某月某日

これを読んでいるみなさんに誤解なきように書いときますが（だれも思ってねーか）、恋愛してないし別れてもいません。近所に12年もいた人が、引っ越していっただけです。しょぼん。

BKBさんとゆきえちゃんと渚ちゃんと飲

みにいく。これはまさによしもとの会としか言いようがない。

それぞれの体の勘を伴ってるとしか言いようがない、賢さ、シャープさ。これでは今日本でいちばんまともなのは芸人ですと言われるはずだと思う。渚ちゃんの余計なことを言わない態度や身のこなし。BKBさんのエッジの効いた知性。

ああ、たけしさんかさんまさんが総理大臣になったら、喜んで税金を払うのに。

松っちゃんだと、ちょっと悔しい。

そんなこと言ってる場合ではなくて、ゆきえちゃんの育ちの良さ、落ち着き、状況を把握する能力、サポート力。この才能はお笑いではなかなか活かし難いものだ。

なんとかこの才能を世に知らしめられないかしら、といろいろ考える。

私はめったにTVに出ないが、そのときだけいつもいっしょに出てもらったらどうだろう、ユニットを組んで。吉本ばなながTVに出るときだけのユニット。ユニット名はやはり「ゆきばな」だろうか。

でも私も出演料は文化人枠でむちゃくちゃ安いし、それがさらに分割されたら目も当てられない。ううむ、私がよしもとに入るしかないのか？

と思ったところで、なんか根本的に違うことになった気がしたので考えを止めた（笑）。

文化人枠が悲しいほど安いのは、やはり見た目で食ってるわけじゃないからだろうし、芸プロに属してないからだろう。

前に某クロのCMに出たとき、びっくりするほど安かったので、担当だった某通にいる、えらい人であるところの知人に「もう少し高くなんないの?」と聞いてみたときのかわし方。自分が乞食に思えたね。これぞ某通!と思った。こうでないと稼げないのが世なら、あまり稼がないのが平和な個人だ。


某バーイーツを頼んだ。

つけ麺の汁が全部出て、ただの麺と元汁の容れ物とびしょびしょの紙袋が来た。

写真を撮って何回問い合わせを送ろうと無視。問い合わせ画面そのものがすぐ消える先方にとってだけすてきなシステムになっている。悔しいから週1くらいで送ってみようと思いつつも、絶対なかったことにされる。いつかあきらめるだろう、みんな(今は改善されました)。

めちゃくちゃ便利だけど、100回に1回は、汁なしでただの麺を食べる可能性もあるんだよという、まさに某ゾンと似た考え方。家でみんながおいしいものが届くのをわくわく待ってるんだ! という考えが、売る側に全くないシステム。

日本ももう海外だわ〜。

人情ある知性を見つけたら助け合って一丸となってないと、と思う今日この頃。兄貴がいてくださって、どんなに心強いか。だって、お金持ちってお金持ち同士で固まって、絶対に一般人に情報をもらさないし、生き方も教えないもの。そして一般人はお金持ちを逆差別しつつ、絶対リスクは負わない。そんなのなんか好かんな、堅苦しいしって思って実行した兄貴は、ほんとうにすごいと思う。

兄貴が深夜に「期限はコロナ明けまで、自分で揚げたとんかつの写真を送って。店のはダメ。プロは可。写真加工はなし。優勝した人は、インドネシアの兄貴の家に招待して、とんかつを兄貴に揚げてもらいます、だからインドネシアに来れる人が応募条件」というようなことをライブ中継でおっしゃっていた。

　みんなはりきってとんかつを作って、家族も喜んで、料理の腕も上がって、コロナが明けたらインドネシアに行けるかもと思ったり、優勝者が行く日に行って、いい瞬間を見ようと夢見たり。それこそが今日本人に必要な感情だ。

　なんてすてきなこと考えつくんだろう、と思った。

　それでも私の愛機Kindleを開いて、ライブラリの中に入っていくと、「クッキングパパ」[*40]百五十数冊と、膨大な「カイジ」シリーズと「黒沢」シリーズが極彩色でずらっと並んでいて、なんだか心配。その中に資料のヴィトゲンシュタインとかハンナ・アーレントとかホツマツタヱとかイタリア語入門とかが交じっていて、混沌を極めている。

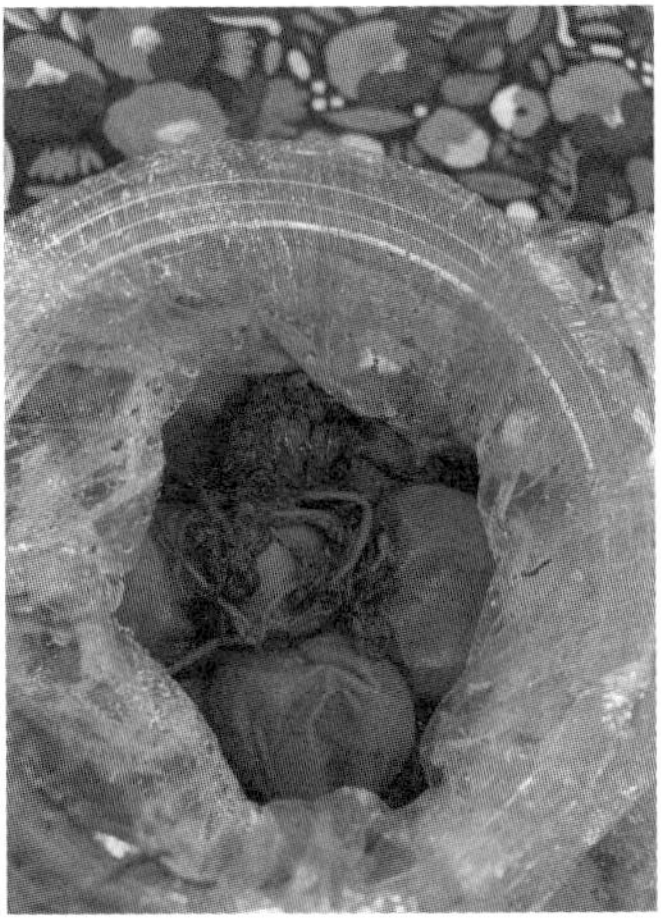

これは実咲ちゃんの梅ぼし

100パーセント

◎今日のひとこと

そりゃあ、作りたてを店で食べる方が、配達されたのを家で食べるよりおいしいでしょう、と思いながらも、そして問題が起きても基本解決しないいくじびきみたいなものだと思って頼む、宅配のごはん。
ただ店のものを詰めただけというところから、そこそこおいしいところまで、いろいろありました。

心からびっくりしたのは、昔からお世話になっていた、赤ちゃんが生まれて初めてのちゃんとした外食をしたら、産後のひだちにい

小さかった頃のお気に入り、「海カー」(飛行機だけど)

いと言って、たらの入ったわかめスープを出してくれた「千里」[*41]の息子さんの担当の日「一里」のお弁当でした。

息子さんご夫妻は音楽家で、ふたりとも歴[*42]史ある古い楽器の奏者なのです。結婚してお店にも入られると聞いて、音楽は大丈夫なのかなと少し心配になりました。正直、奥様は世界的な演奏家だったので、迷いもあったと思います。

しかし彼らは演奏もしながら、お店を保っています。それがどんなにたいへんなことか、想像を絶するほどです。なにせお店は開店から閉店まで一度も人が途切れない予約の取れない人気店なのですから。

「今から行っていいですか？」と電話したら、「今自粛要請に従っていて9時にお店を閉めちゃうんですよ、ごめんなさい」と懐かしい息子さんの声。また行きますね、と切ったら、少しして電話がかかってきたのです。

「今、テイクアウトもやっているし、某バーの宅配もしてるんです、今の時間ならギリギリ間に合うので、よかったら」

なんて優しい、と思いながら、お弁当とおかずをお願いしました。

焼肉屋さんで焼肉を食べるほうがおいしいし、チゲも頼みたいよね～、でもきっとあのお店のことだから、冷めてもおいしいはずだよねと思いながら待っていて、届いたものを見たら、汁がでないように完璧にシールドされたパックの中に整然と、「千里」特有のおいしい味付けのものが詰まっていて、気絶しそうになりました。

どんなピンチにも、決して屈しないで上を行く。そんな人たちがいるんだ、まだたくさ

上ロース弁当

んいるんだ、と感動しました。

狂牛病のときはチゲの店に転身して逆に稼ぐようになり、おじいちゃんが亡くなったときはフロアにお嬢さんが出てがんばり、お嬢さんがお惣菜の店を出した時期にはおばあちゃんとお母さんが全てのお惣菜をふだんの倍作り……家族で乗り切ってきた、その力。陰ではたくさんの涙や疲れがあっただろうに。

本物の持つこの凄みに、あくまで彼らのような心からの笑顔で、少しでも近づいていきたい、そう思いました。

◎どくだみちゃん

海

メンバーのひとりが家業を継ぐので抜けて、

ひとりは70歳を迎え、ふたりはがん経験者で乳がなく、私は左足の骨の変形でちょっとだけ泳ぎが鈍り、高校生は就職したらもう来ないかもねと思う、そんなガタピシなメンバーでの旅。

両親がいないのはいつまでたっても淋しいが、同じ宿の同じ棚に、父がいつも置いていた麦わら帽が見える幻は嬉しい。

いちばん多いときは、40人くらい人がいた。にぎやかでよかったけれど、こんなに減ってしまった今の方が、愛おしい。

毎日が愛おしくて、感謝と幸せを感じすぎて発狂しそうになるくらい。

あと何年、こうしていられるのか、神様にしかわからない。

いや、神様にもわからないだろう。

私が死んだ後もこの大きな柳はここにあるのだろうと。

そう思うと昔は少し淋しかった。

でも今はそれがすばらしいことだと感じる。

昔からある巨大柳

歳をとってよかった、そう思う。

沖にいると、いつも地球が丸いのを感じる。目の端から端までの丸の中に、美しいものと懐かしいものしか見えない。

波間のあちこちに散らばる、旅の仲間たち。遠い浜辺には、まっさらの光の中、ひょろ長い息子が浜辺をゆっくり歩いているのが見える。かき氷を買いにいくのだろう。

これが天国でなくて、なんであろうと思う。

◎ふしばな

福本先生の悟り

「銀と金」[*43]とか「カイジ」の最初の方、あの絵だった頃の福本先生のエッジの効いた世界観と、深刻な、答えの出ないブルーカラー界の宿命と運命。くりかえしていく果てしない勝負の道。

そこで最初にとりあえず掲げられていた思想は、「強くなる」「いつか上にあがってやる」「血も涙もない宿敵を倒す」だったように思う。

だからその頃のファンが最近の福本作品を「ゆるい」と評するのは、とてもよくわかる気がする。主人公たちは一匹狼をやめてやたらに仲間と仲良くしているし、登りつめるのが目標ではなくなっているし、笑いが多い。

つまり私における「劇画・オバQ」の存在みたいなものなのだろう。あらゆる意味でベクトルが逆だが。

Qちゃんがいつも正ちゃんや仲間と仲良しで、歓迎されていてほしいという私の心があのまんがの存在で打ち砕かれたように、初期の福本ファンはカイジや黒沢に孤独で外れものでギラギラしていてほしいのだろう。

初期の吉本ばななファンが「初期の作品は孤独で透明感に溢れていて深刻でよかった、最近のおばさんぶりはなんだ、子どもを産んで日和りやがって」と思っているのと同じで(書いてたらなぜか冷や汗が……!)。

でも、要するにその人たち自身の人生や考えが「初期」でなくなったとき、初めて後の作品が意味を帯びてくる。作品はそこまで待ってくれるので、いつの時代になにを読むかは読者の問題なんだなと思う。

福本先生だって、あんな大量の緊張感ある作品を書いているのだし、麻雀ではプロみたいなものなのだから、世の中の仕組みを知り抜いているはず。そしてさらには年齢を重ね、収入もアップしているので、当時のようなヒリヒリした人生観を保ち続けていたら、それこそが嘘なような気がする。

桜井会長[*44]や兄貴やナスDにも言えることだけれど、裏の世界をよく見てきて、お金というもののなんたるかも知っていて、さらに年齢を重ねたら人はどうしたって「笑い」のある世界に行くような気がするのだ。ユーモアと言えばユーモアだし、一回転して笑うしかないというか、余裕というか。

どん底も、恐怖も、深刻さも極め抜いたら、人はぽかんとした平原みたいなところに出て、とりあえず笑ったり余裕を持ったりちょっとのんびりした、浮浪雲的な世界に達するような気がしてならないのだ。

もちろんいろいろ経ているので、彼らは一瞬にしてきゅっとまじめになれるし、命のやり取りの世界に戻れる。でも、しない。だって平和だから、平和の何が悪い？　これが保てた方がいいだろう、ただ、自分はなるべく平和のほうがいいと思うよ。いっぱいの人が死んだのを見たからね。私含め、そういうことなのではないだろうか。

とりあえず人が死ぬのを見たくないからという理由でカイジが得を捨てるとき、黒沢が仲間を得て人生はこれでいいと思うとき、そしてカイジたちに車を売るおじさんが「自分のいるところが世界のまんなかだ」と言うとき、福本先生のたどりついた今のところの結論は悟りにかなり近いなと思うのは、地獄を知っている人、そんな気がする。

最近では、ケンタッキーを買ってこいと金貸し界の上司が頼み、部下たちが「閉まってたんで～」とコンビニでおでんを買ってきて、「なんでおでんなんだ！　コンビニにもチキンはあるだろう！」からの、「こいつらは立て看板やワンコロみたいなものだと思ってたが、それより役に立たない」くだりがもうリアルすぎて！　店で、人数分取り皿をくださ

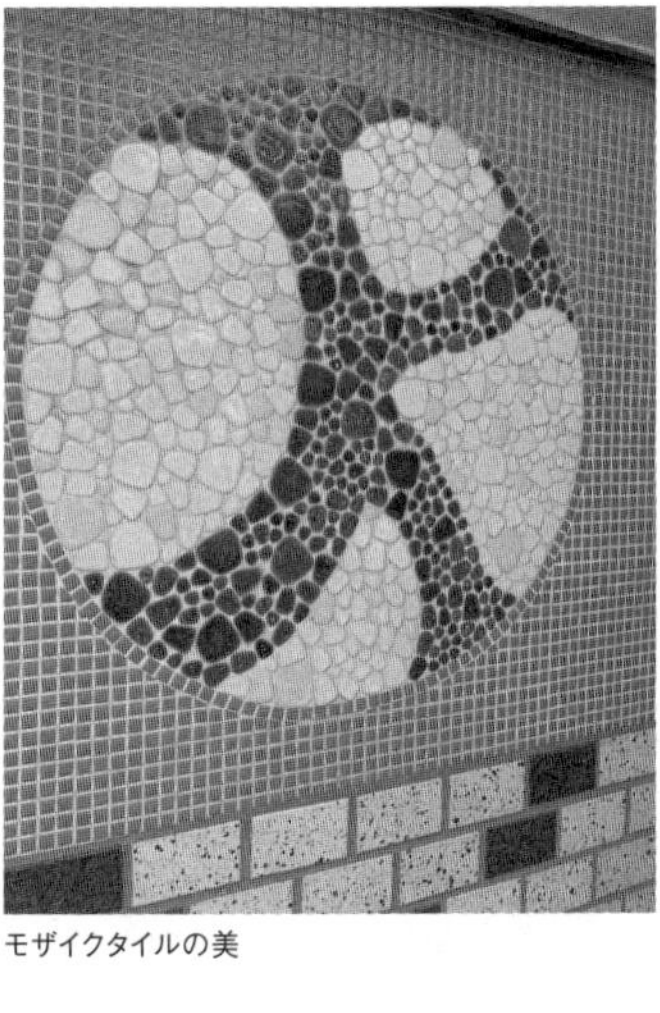

モザイクタイルの美

いと言うと、どんぶりひとつだけ笑顔で持ってこられたりするとき、よく思いだす。

　そんなときにもクロマニヨンズでヒロトが歌うように、「新人さん」を応援する心だけは失わずにいたい。

◎よしばな某月某日

　子どもとふたりで電車を乗り継いで、久しぶりに旅をする。

　なにかと親といっしょにいたくない年頃だが、比較的仲がいいと思う。

　やっと片方の手が小さな子どもの手につながっていないことに慣れてきた。

　でも彼とはちゃんと話ができるようになった。たいていのときにイヤホンをしていて話せないが、彼はいつもなにかに対してちゃんとした意見を持っているし、正直に言ってくれる。

「ママのまわりは変わった人が多すぎ。だからいつもモメるんじゃない？」

　悪かったな！

　なにかを失えば、なにかを得る。

　あの頃はいつも心配でしかたなかった。今日は学校から無事帰ってくるのか、けがをしてはいないか。今も心配は心配だが、小さい頃ほどではない。

　大雨による増水で泥が海に流れ込み、海の底がどろどろである。

　踏むと最高に気色悪いむにゅるという感じ。

「うわあ、ここに陽子さんがいる！　陽子さんを踏んでる感じ！」と言うと、全身むにゅるの男殺しボディを持つ陽子さんが「ここまでではないよ〜」と言う。

ふだんなかなか声を荒らげず、「嫌い」とか「コラ」とか言わない彼女にとって、それはそうとうの否定形である。一般人における「ざけんじゃねえ！」くらいのレベルだろうか。

と思っていたら、「でも私の脇腹のあたりはちょっとこうかも」と後から付けたしていた。

なので、いつもの浜の手前で泳ぐ。景色が違って淋しいけれど、旅がアップデートされた喜びも感じる。

こころもちアルコールが入っていないこともない程度のジェルで一応手を消毒したり、食べ始めたらすぐ外すマスクを入店時だけしていたり、密に集って大声でしゃべらなかったりすれば、もう何をしてもいいと国民は決めたみたいだ。

さらに東京以外の県の深刻味は超薄い。なんだか気が抜けてしまった。宿に戻る前に立ち寄り温泉に行ったら、床がべたべたでマットもジメジメで、露天風呂の岩にバンドエイドが落ちている。これのほうが別の意味でよっぽど危険かも！

海で大の字に浮かんで、水の音を聞きながら、顔が光に当たっているのを感じて波に揺られているとき、「あ〜、幸せ！」と思う。100パーセントの幸せだ。

これを知っていると、テイクアウトにおける「千里」のように色どりまで考えつつもお弁当の最適解を叩き出す100パーセントのお店がちゃんと存在しているから、ふだんそのへんの変な弁当を食べて「なんだよこれ」と思う気持ちが、「いっしょうけんめい作ってくれているんだし、テイクアウトがお店よりもおいしいはずないから、自分が贅沢なんだ」には決してすり替えられないことをしっかり認められる。

「自分が高望みすぎるんだ」という考えの罠にはまらないためには、自分の望みの100パーセントを知るしかない[*45]。

ふだんは台北に暮らすアイリーンちゃんも言っていた。「なんで日本って満足いく外食がほとんどないんでしょう?」ほんとうだ。台湾だったら新鮮で安く衛生面もしっかりした手作りのものがすぐ食べられる。東京だとバカ高くてまずいか、激安でまずいか。サービスがむちゃくちゃで食べた気がしないかがほとんどだ。

異性に関しては、自分の好みが高望みではないことを知るっていうのがちょっと当てはまらないことかもしれないなと思うけれど、「デイヴィッド・ボウイくらいの見た目の人でないと結婚しない」と決めてほんとうに一生独身の覚悟でいたら、身近な普通の顔の仲良しの男友達にプロポーズされて中年になって結婚していた人もいたので、やっぱり柔軟に曲げることができつつ100パーセントを確信しているというのは大事なことだと思う。

日焼けした顔に、もぎたてのアロエを冷蔵庫でしばらく冷やしたものを開いてぴたりと当てると至福。それを100パーセントと考えると、基礎化粧品のなんたるかもわかる、そんな気がする。

コロナ問題が起きる以前からほとんど過疎みたいな土肥《とい》の町。今回は車がないのでマックスバリュまでチャリで行くしかなく、めんどうくさい。

いつもやっている「屋台村」さえも開いてない。こんなとき神だと思う中華が一軒だけある。年中無休で23時まで開いているのだ。そこに飲みに行って、全てが冷凍でも、切っただけでも、炒めただけでも、台湾料理なのに絶対中国人がやっていても、焼酎のソーダ割りが鬼のように濃くても、もうなんでもかんでも許すしありがたい。100パーセントを知っていると、逆にそういうふうに大らかになるのがほんとうだと思う。

港の美女、陽子

慢心

◎今日のひとこと

何回も書いていることのようなのですが、ちょっと角度が違い気づきも違いますので、よかったらおつきあいください。このリアルタイムでみなさまの目の前で少しずつ思考がアップグレードしていく学びの過程を見せるっていうのが、私にとってやはりメルマガの醍醐味なのです。

これまでにもお伝えしたように、いろんな人に若い頃「傲慢だ」と叩かれたものですが、私自身は全くもってぴんときていなくて、友だちにバカほどおごる以外は、ただただ地道

いちめんの畑

でした。

そうでないようにふるまってはみても、物言いが生意気であっても、地味な毎日を送っていました。だって机に向かってないとできない仕事なんですよ、そりゃ地味ですよ、小説家はみんな。

それなのになんでそんなことを言う？　と思ったけれど、全ては金の話だったのかもと気づいたのは相当後でした。金を持ってそうに見えたんでしょうね。

長い賃貸ライフに終止符を打って実家の近くに家を買ったら（その後また賃貸生活に戻ったんだけど）、そして実家の改装費を出したら、稼いだお金なんて一発で消えましたから、結局ずっと地道だったのです。生活の実験は大好きだし、お金をかけるところが人と違うけれど、ずっと自炊ですし。

その頃ヨーロッパで買ったヴィトンとかエルメスとかで、売りさばいてないものはなんと今も使ってますし。作ったメガネなんてレンズを換えてまだかけてる。靴も20年ものがいっぱいある。いくつか持っていたオメガの時計は、友だちのベイリーさんが社長を辞めたときに、最初にプレゼントしてもらったいちばん地味なモデルだけ残してみんな売っちゃったし。

それでも、自分が慢心していたなと思ったことが1回だけあるのです。このできごとは、のちの人生を左右するほどのすごく重要な学びを含んでいました。

幻冬舎さんができた頃には私の売れ方はある程度落ちついてしまっていたので、あまり貢献できてなくて未だに数で勝負的な恩返ししかできないのですが、その前に書いていた出版社さんたちは、「私で」一発当ててビルなんか建てたりしていたので、「いざとなったとき」にはきっと助けてくれるのだろうと、私は本気で思っていたのです。

でも、あの未曽有の出版不況が突然にやってきたとき、数年で平均7万部の印刷が1万部になったのです、急に。ちなみに今も1万部が基本ですが、電子書籍があるので、少し助かっています。でも、この世にいきなり収入が7分の1になる職業って他になかなかないのでは。

あらゆる方面から一方的に仕事を減らされたり取材費を削られたり、印税のパーセンテージを減らされたりしたことはあれど、全くなにも配慮がなかったのです。生活は大丈夫ですか？　と聞かれもしませんでした。

それにはほんとうにびっくりしました。一蓮托生だと思っていたのであえて副業を持たずにやってきたら、当然のごとく酷薄だったわけです。

もちろん、それは当然のこととわかってはいました。でも20年も共に働いてきたので、なんとか仕事を回してくれるとか、がんばって少し増刷してくれるとか、なにか先に繋げる対策をしてくれて、もっと長いおつきあいに繋がっていくんだとマジで思っていたんです。昭和の時代の編集者と作家を見すぎてきたのもあります。父の時代はみんなお金がなくて、そうしていたので、今もそうだろうと思ったわけです。若かったですね、そしてそこだけは慢心というか、甘えていました。

まさかほんとうにこんなに手のひらを返すとは！　びっくりした〜！　と思いましたし、

自分の甘さを知りました。才能を信じてくれているのかと思っていたら、お金が稼げるかどうかを見ていたわけか、と。そりゃ、会社ですから、「全く売れてなくても生活の面倒を見てくれ」とまでは甘えていませんでしたよ。実績を出してこその才能と思ってもいました。

ある程度、せめてトントンくらいには売り上げを叩き出さないと、プロとして仕事は続けられないというのは当たり前のこの仕事なのですが、それを前提にしても、みなさんすごい去り方だったんです。

私も地道だけに積み立て貯金なんかしていたのでなんとかやってきたわけですが、途中ほんとうにヤバいときがありました。そこをただただ書いて書いてしのいできたわけです。

あと、広告関係のお仕事ってギャラがいい上に、とってもいい写真やイラストがついてくるので、そして新規の顧客が開拓できるので、けっこう好きで半引退してもまだやっていますね。

きっと今の私は「高いギャランティでないと動かない」高慢な人だという評判が立っていると思われるのですが、30年もひとつの仕事をしてきてある程度の線を引くのはあたりまえだと思いますし、ノーギャラや低いギャラで仕事をすると文章をだいじに扱ってもらえないことがよくわかりました。無料の仕事ほど、抜粋、使い回し、無断使用が多くなるのです。それって、こちらにしてみたら赤ちゃんを預けたら手足を切って顔だけ使いました、というのと感覚的には同じようなことなんですよ。

そしていざというときには助けてもらえな

いことがもう身にしみてわかっているので、ボランティアはしないというこの姿勢、間違っていないと思っています。

その体験を経て、私は交渉しながら渡り歩いていくことだってできたのです。もっと稼げたかもしれません。

でも「そういう、才能ではなくてお金で判断されるだけの仕事の仕方って、なんか汚くてイヤだな」と思いました。なので唯一それがなかった幻冬舎さん（もちろん昔より締めるところは締めているが、実に理解しやすい納得のいく締め方なんですよ）を中心に地道に今もお仕事をさせていただいているわけなのです。

あとは担当さんがすばらしいので過去の恨みを忘れた系（笑）か、不況のど真ん中で出会ったのでいちから始めた感の集英社さんの担当さんとかと、静かに働いています。

そしてもう二度とあのように慢心すまいと思いました。慢心というか、大企業を信じきる甘さを持ってはいけないと。自分の道は自分でちゃんと拓き、考えていかないと、と。

裏側に「山の神様」って書いてありました

今でも加藤木さん（当時新潮社）や矢野くんをからかったり、谷口さん（当時集英社）に「御社は『鬼滅の刃』で稼いだんでしょ」と短編をずるずる遅らせたり、壷井さんにごろごろ甘えたり、アシスタントに「いっちゃ〜ん、どうしてもピザが食べたいから取って、今すぐに」とか「石原さん、なんでもいいから高いものをおごって」とか言ってる私ですが、心の中にしっかりと引いたプロの線だけは、決して見失ってはいません。

◎どくだみちゃん

竹富

それは星のやであっても道であっても昼でも夜でも同じだった。

地面からじわじわっと光みたいなものが立ち上っていて、体にしみてくるのだ。

ここは特別な場所だと思った。

入ってはいけないところに入ろうとすると、ずしっと頭痛がしてくる。

緑の奥でなにかがこちらを見ている。

親切に警告してくれているのでもない、ただ入ってはいけない、それだけ。

獣のような気配だった。

その代わり島のほとんどの場所に闇がない。なにもかもがはっきりとしていた。

人々の顔は知的で美しく、気高く。

このような場所を守るということがどういうことなのか、考えた。

日本人はきっとむかし、こうだったんだと

思った。なにかだいじなことを無条件に思い出しそうになった。
でもそれは決して忘れてはいけないが、思い出しすぎてもきっといけないことだ。
隠しておかなくては、そっと。布に包んで土に埋めて、見られないように。

すごい雲

でもたまに光と風に当ててあげなくては息ができなくなってしまう。
だからこそ、思い出させてくれて、入れてくれてありがとうと思う、そんな場所だった。
後になればなるほど、行けないと思えば思うほど、恋しさが募る。

◎ふしばな
甘え

「ああ、この人たち私のことをすっごく誤解してるな」と思ったことは仕事の上で何回もあるのだが、最高にそう思ったのは、微妙な時間、午後の2時に呼び出され、お昼ごはんを食べにいくものだと思っていたらそうではなくて腹ペコで3時まで打ち合わせをして、「そのお仕事は絶対いやです。でも、とりあえずなにか食べに行こう」と言ったら、まわりが「ざわ……ざわ……」となったときだ。

なんてめんどうな人だろう！　と、まさに暴君を見る目で見られた。

そのとき、原マスミさんに表紙の絵を頼んでいたのだが、いっしょに仕事をしていたデザイナーさんがどんな人の絵も小さくレイアウトして使う人で、それでその直前に別の画家の人と大きなトラブルがあったのに決して変わることはなく、原さんがそのことで私にものすごい文句を言ってきていた。センスが違うだけで、デザイナーさんも決して間違えてはいないと思うのだが、合わなかったのだろう。

今となって思うのだが、その人のセンスはほんとうに悪くない。ただ、私という小説家の持ち味を考えたとき、大胆に絵を配置しようと思わないことが、すでに違っている気がするのだ。それは自明のことで、私の好みなど関係ない、宇宙の仕組みみたいなものだ。

つまり、このチームの破綻はもう見えていたのだ。いっしょに取材に行っても、「この人は遊んでいるだけだ、俺たちは作家さんのお遊びにつきあって金を払わされてる、だから俺たちも好きに過ごそう」という雰囲気がじわじわ伝わってきた。だれもメモを取ってくれないし、行き先も真剣に聞いてくれない。

私の取材の仕方は特殊で、現地の人にアポを取ったりしない。めったにメモも取らない。でないと、現地の人は面白いことなんて絶対話してくれないからだ。ナンパして身分は伏せるくらいがちょうどいい。そしてむちゃくちゃ神経を使うので、晩ごはんをどこで食べるかと寝る場所（豪華でなくてもいい、静かで、湿ってないところ）はしっかり重視する。そんな感じだから、ただ遊んでいるのだと誤解されやすいのだろう。

唯一うちのアシスタントのりさっぴだけが「先生が思いっきり吸収して、アンテナを全方向にはってるのがわかるので、いっしょにいるだけで緊張します」とわかってくれたので、なんとかそういう屈辱に耐えた。

だいたい、編集の仕事をしているのに、レコーダーやメモを取っているほうが作家らしく取材していると思うこと自体、破綻だろうと思う。

桜井章一会長が病気になったとき、どうしても治ってほしくて、うかつにも変な行動をしてしまったことがある。

会長が病を得てから生活の中で雀鬼会の人たちとご家族を最優先にされたのでいずれにしてもあまりお会いしていないので、それで見切られたわけではなかった。桜井会長は「ばななさんは女性だから、いろんなことに気づかずに、大らかに家族と生きなさい」と思ってくれたのである。

というのも、後から「あんな変な人を紹介しようとしてほんとうに申し訳ありませんでした」とメールを書いたら、「気づいちゃいましたか。でもね、そういう人はボロが出るだけまだマシなのかもしれませんよ」とお返事を下さったから。

会長にはわかっていたのだ。あまりにもいろいろなことを見てきたからこその思いやりだった。もっと大きな闇はそんなものではないと。だから知る必要はないと。

丸尾兄貴が「ばななさんをどう思います

か？」と聞かれたとき、「ねえさんは、俺の持ってないものみんな持ってるんや。それで実は、俺の持ってるものも持ってる。ただ、女性やから、いろいろ隠してはるし、抑えてはるだけなんや」とおっしゃった。

それで、ほんとうに身にしみてわかったのだ。会長や兄貴の思いやりを。男の見る地獄を見る必要はないよ、という優しさを。

私は彼らに甘えていないけれど、守ってもらった。だからせめて爽やかに生きたいと思う。ただただ、爽やかに。

出版界はほんとうの経済界に比べたら、小さな、実入りの少ない商売である。だからこそ、トラブルが起きても芸能界みたいに干されたりしない。出版界で起きる恐ろしいできごとなんて、その他の世界で起きていることに比べたら、超甘い。

その甘いなかで、もめごとがあっても大したことはない。数日間だれかが胃を痛めるくらいで済むことが多そう。

そんな中でさらにエッジの効いてない生き方をしている人さえもたくさんいる。

出版界のアイドル石原さん

だからこそ、石原さんや見城さんの狂気が活きてくるのだろうな、と思う。

◎よしばな某月某日

ちょっと遠くの焼き鳥屋に行ったら、小栗旬さんとスタッフたちもしくは友人たちがいた。こんなご時世なのに、声と様子がすごく明るく爽やかではっきりしている。いいなと思っていたら、超きれいな山田優さんがちびっ子をたくさん連れてやってきた。家族ともても仲良く、いい子どもたち。小栗さんも「騒がしくてごめんなさい」なんてあやまってくれたりして。

特に名乗りもしなかったので、子どものスマホで「小栗旬？」という字を見てうなずきあう不審な家族連れとなった私たち。最終的にそのグループとうちの家族だけになって、なにをしても覗き見しているような気分になってきた。夫が「なんだかいたたまれない、いっそ貸切にしてほしかった……」と言っていたのもおかしかった。

昔、ナポリのホテルのロビーでチェックインしていたら、いきなり回転扉からポロシャツを着たウィレム・デフォーが入ってきたことがある。背は低かったけれど、考えられないくらいかっこよかった。周りの空気が違うのである。全てがさっそうとしていて、きりっと澄んでいた。同じような感じを受けたから、小栗さんもやはり名優なのだろうと思った。

昔、アップルを創ったウォズニアック[*46]のパーティ会場でナンパして知り合ったサブティンと、サブティンの恋愛問題について毎日のようにLINEでやりとりしているが、いちばん「すっげ〜な」と思うのは、この1ヶ月、サブティンが1回も「コロナ」という言葉をくりだしてこないことだ。さすがダンサー、さすが美と自由の追求者。こうでなくちゃいけないな、とものすごく感動した。

まんきつさん*47と対談をした。巫女系でさらに創作をしている人はみんな同じ苦労をしているんだな、地球人のルールがわからないまま丸腰で生きていたら、大変な目にあったんだな、お互い、という感じだった。とてもきれいで、真っ白すぎて生きていけない感と、一般人ではない感がすごい。

ライターさんも女性誌とカラーが違うハキハキした感じの人で、とてもいい対談だったと思う。

担当の高石さんは「湯遊ワンダーランド」*48に出てきたのといっしょの姿で、ほんとうに50年前のフランスの農民の服を着ていた。そういう服の専門店があるというので、帰りにのぞいてみたら、まず店員さんがすごかった。

いつも50〜100年前の服を着ている彼!

お洋服はもちろんすばらしい保存状態で感動的だったけれど、店員さんたちの現代にいない感たるや！

　今の日本で、１００年前のフランスの農民の服をこつこつ着ている人たちがひっそりと生きている、それだけでなんだかくらくらした。

◎今日のひとこと

東京がふるさとなので、お店がどんどんつぶれていくのを見るのはとても悲しいのです。街の息の根が止まっていくのを見てるみたい。

夫が代官山で仕事をしていたとき、いつも行っていたイタリアンも生地屋も服屋もパン屋もきれいさっぱりなくなっていました。新しくできたお店の人たちもお客さんが入らずキリキリしていて、恐ろしい雰囲気でした。この世の果てっていう感じです。

かといって「海のふた」[*49]的な解決を夢見るのも、あの頃はまだしも、もはや甘いと思い

すごくだらしない昼寝姿の、うちのグループの人々

ます（書いたおまえが言うな　笑）。

今はよほど親切な大家さんでもいないかぎり、企業がスポンサーでないと都内でお店が存続できるような仕組みにはなかなかなっていないように思います。

そういうことにいちはやく気づいていた藤原ヒロシさんとかＮＩＧＯさんとかジョニオさんとかってすごいなと思うんですが、そういうビジネスモデルが彼らの憧れていた世界にはちゃんとあったんだろうなあ。


それでも生きていくんです。ただただひたすらに、一歩一歩。

それしかないんです。工夫して、しのいで、がんばって、文句言わないで、じりじりと。

そうして生き抜いた人たちが作る未来には、もう東京は視野に入っていない確率がとっても高いなと思うとちょっと淋しいのですが、それはそれ、がらんとしたここで私は生きていくのか、海外に拠点を置くのか。大きな波で考えないといけない時期がもう始まっています。

ますますたくさんの人と別れていくでしょうし、身も軽くしていなくちゃだし、人生ってほんとうにいくつになっても変化するのだなと思います。

思い出は大切に、未練はなしで。

生きられる限り、大切な人を大切に。


大好きな料理人竹花いち子さん[*50]が、作詞をしていた頃、村上里佳子（今はＲＩＫＡＣＯさんですね）さんに書いた詞が大好きでした。

♩夜の底に　たどりつけたなら　たぶん

それが恋というものね
熱い　胸さわぎ　明日は　どこで買えばいいの
（中略）
雨　にうたれても　ノン・フィクション
悪い夢を見たい♩

セイタカアワダチ草

うわ〜、この村上里佳子のプロモ映画[*51]、「つぐみ」[*52]を撮った市川準監督が撮ってるし。プロデュースはＣＨＡＲさんだし。お店はなんだっけ、ここ。カルデサック？　↑小説ばかり書いて全然遊んでないのであいまい。若い里佳子さんが超スタイル良くてかわいいし。スタジオの借り方がまたバブリ〜だわ！

と言うわけで、腐っても鯛。そんなバブル魂を忘れずに、夜の底をちゃんと見に行こうと思います。

◎どくだみちゃん

もう一つのふるさと

子どもの頃、海辺の町の夜の道はにぎわっていた。

射的、居酒屋、甘味屋、スナック。

浴衣で歩く酔った人たちの笑い声と下駄の音が夜道に響いていた。

夜の海を一周する観光船もあった。船の上から大きな花火大会を見たりもした。

あの頃は、まさかあの町になんにもなくなってしまう日が来るなんて思ってもいなかった。

家族全員が射的で獲得した謎の動物土人形みたいなものを、宿の床の間に並べていたことも、いい思い出。

町の目抜き通りの四つ角には、大きな土産物やさんが二軒あった。

置いてあるものがちょっと違う。

ひとつはもと時計屋さんだったから、その当時でさえもちょっと古いかもと思うような指輪や時計が古びたウィンドウに飾ってあった。

そこで友だちやスタッフに小さなおみやげを買うとき、まさか閉まってしまう日が来るなんて思わなかった。永遠にあるお店だと思っていた。

向かいはやたらたくさんのこけしを売っているお店で、今も夕方6時くらいまではぎりぎりやっている。ほぼ閉まった状態で、人を呼び出せばなにかしら売ってくれるという感じだ。商品もほどんどない。

そのとなりにはずいぶん長い間営業してい

たが最近は閉まっている有名な喫茶店がある。70年代風のインテリアもいいし、音楽はずっとビートルズだった。そこのホットサンドは私の人生でいちばんおいしいホットサンドだった。コーヒーもおいしかったので、何時間も座っておしゃべりをした。

ものごとがさびれていくことって、ただ淋しいものだと思っていたけれど、今は街の幽霊みたいなものが逆に心を和ませてくれるようだ。

だれもいない夜道、1軒も店がない海風の中を歩いていくと、小さかった頃の自分が見えるように思う。親と手をつないで、夜のにぎわいを楽しんでいる。

時間の豊かさのほうが、今の寂れ感よりも激しくて強い。

もう親もそろそろ限界かというようなある年の夏、私は自分の小さい子どもに、土産物やで黄色とピンクのピコピコハンマーを買った。スマイルマークがついていて、叩くと変な音が出る。子どもは気に入って何回もあちこちを叩いていた。色鮮やかでデザインがかわいかった。

父がそれを見て「これは、ちょっといいなあ」と言って、何回か叩いてみていた。

そんなことも、じわっと思い出される。

それとは別に、死んだ友だちと、1回だけいつもの宿ではない土肥に違う季節に行ったことがある。

川沿いにあるそのホテルの風呂場の屋根に蜂が巣を作って、出たり入ったりしていた。

土肥の川べりと姉

　遠くには海が見えた。いつも泳ぐ海だ。いつもの宿が恋しかった。違うメンバーで来るもんじゃないな、と思ったけれど。

　私たちは湯につかり、裸で、蜂ばっかり見ていた。

　この簾の中に、どれだけ大きな巣があるんだろうね。

　また帰ってきた、あ、入ってった。

　私たちの声は確かに響いていた。生きている証しだった。今じゃもう声も聞けやしない。

◎ふしばな

バブル感

　親の看病でしばらく別宅に行けないから、人に貸そうと思うんだよねと酒を飲みながらひとこと言っただけで、「あ、俺借りる、こういうのって絶対動いた方がいい」と言って、実際にしばらくちゃんとお金を払って借りてくれた知人がいた。

彼は結婚してすぐにひとめぼれで家を出たり、恋人とバリに行ってそこで別れてしまい、お金をもらってゆっくり北上しながら日本に帰ってきたといういろいろな逸話のあるツワモノであった。

彼の仕事も当時のようにバンバンいけてはいないに決まっているんだけれど、彼のまわりにはまだあの感じが漂っている。なんというか、行き当たりばったりのようで、豊かで確かな感じというか。

バブル期ってどうしようもない時代ではあったが、1回300万円の仕事（私は文芸誌だったのでそんなのにはめったにめぐまれませんでしたがね）とかひんぱんにあったので、夢を見ているような暮らしの人たちがまだうろうろしていた。今はその300万が感覚的にだいたい30万になっているので、デフレもなにもない。ここではもうなってる。

でもたまに歳上の編集者さんが打ち上げで指定してくる銀座のビルの3階とかにあるカウンターだけのレストランとか、マガハ（とにかくここはなんとなくバブルな感じがする出版社なのだ）の仕事とかで、お金のかけっぷりは当時と違うけれど感覚がバブリーで懐かしいなと思うことはある。

あと、私の最もバブリーな「今夜は誰と過ごすんだろう」と80年代当時いつも真顔で思っていたという男友だちは、今はもう銀座の店をたたんでしまったけれどすばらしい料理人だった立原潮さん（立原正秋さんの息子さん）の店にいっしょに行ったとき、私が「銀座の女にだまされた」とグチっていたら、「だまされるなんて最高なことだよ、吉本。だまされるっていうのは理想だし、夢みたいなものなんだ」と言った。これもまたあまりにもバブルすぎる。そしてそれとは別にすっぽんを食べに行ったとき、「ぞうすいってさ、『一巻の終わり』って感じがしない？　なんか淋しくなる」という名言も残している。

この感じ、自分の中のどこかに取っておきたい。忘れたくない。

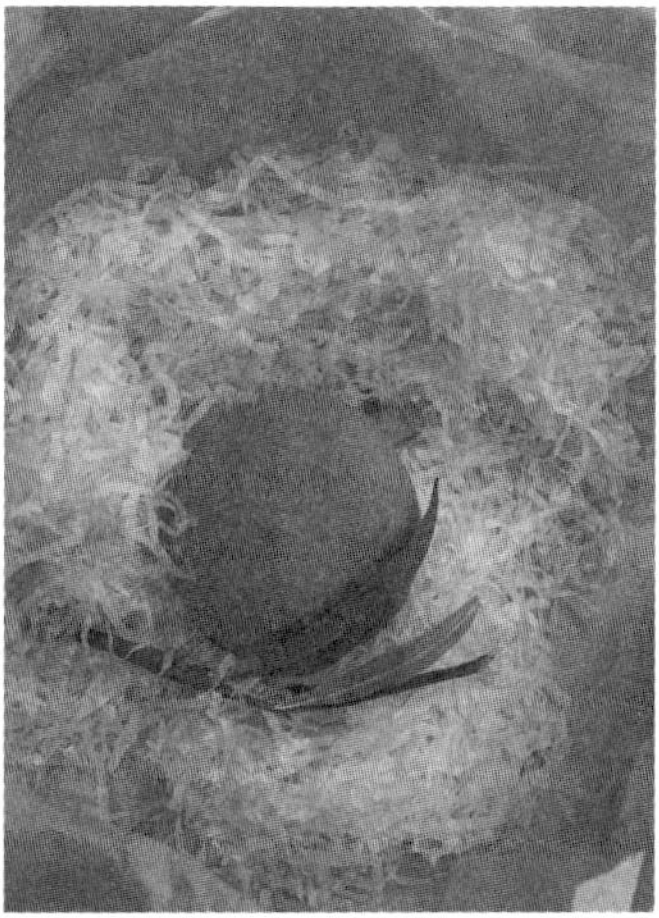

アナンダマイーさんのサプライズボール、ザクロ

◎よしばな某月某日

義理のお父さんが生きてるうちに実家を片づけて売るか人に貸すかしようということになって、さっそく見積もりを取ったらどうも業者が軽く家を物色したらしくて（あくまで推測ですので……ホホホ）、おかしな荒れ方で荒れていたそう。

金目のものがあるかどうか、そういうこと

だ。血も涙もない世の中だ。まだ生きてるんだっつーの。

それはともかく、だいじなものはちゃんと隠してあるということで、夫のお母さんの遺品の指輪をひとつだけもらった。

お母さんに会ったことはない。写真の中だけの人。夫を世界で一番愛した人。ほんとうに会いたかった。嫁と姑でむちゃくちゃもめたり、いっしょに女風呂に行ったりしたかった。

一度軽い気持ちで「お母さんのカレーライスとかシチューとか食べたかったなあ」と言ったら、目の前で酔っていた夫が泣いたことがある。息子がいる今、痛いほど気持ちがわかる。

こんな鬼のような変な女（というかもはや女でさえないおじいさん）に息子を託して、天国のお母さんは心配でならないだろう。

なんだか申し訳ないけれど、夫も指輪もできるかぎり大切にしようと思う。お母さんはこれをして外出するとき、嬉しかったのかなあ、どんな感じだったのかなあ。動き方さえ知らない人の持ちものを持つって不思議な感じがする。うちの子のＤＮＡとこの指輪と、この二点だけでやっとこさ接しているような。

髪の毛を結ばずにまゆちゃんのところにタイマッサージを受けに行き、タイパンツとゆるいＴシャツを来て、長いぼさぼさの髪の毛であぐらをかいてまゆちゃんを待っていたら、何か知ってるものに似ている……と感じた。麻原か！　今ならがんばれば浮遊できるのではっていうくらいに、なんていうかフォーマットが似ていた。

　土肥で金山に行ったよ、といっちゃんに言ったら、「金山って佐渡以外にもあるんですか？」と言われたので、あるよ、と言った。金山の中を見学できる、人形で当時の模様を再現してる観光施設だってあるんだから、と言うと、いっちゃんが「佐渡で見ました！過酷な労働をしてる裸の男の人形たちが『嫁に会いてえな〜』とか言うやつですよね！」と言った。さらに「いかにも施設側の仕込みっていう感じで、ほんのかけらほどの金が入ってる金すくいもありますよね！」と言った。そこをピックアップしたか！　と思い、その会話を思い出すと今もプッと笑ってしまう。ちなみに私は土肥金山のことを思うと、「風呂はいいな〜、疲れが取れるよ」って人形たちが桶を鳴らしているコーナーをいつも思い出す。そしてたしかに金すくいチャレンジは土肥にもしっかりある。

模様のよう

2021年1月〜2月

お兄ちゃんの足の裏と犬のくつろぎ

人生にむだはない

これを書いているのはまだ夏の終わりですが、アップされるのは年明け。
あけましておめでとうございます。今年はどんな年になるのかな。
意外に静かに進んでいく年かも。

毎週大量に文章を読んでいただいて、それがもしあまりにも濃厚すぎると疲れてしまう。なので移動中とかくつろぎの時間にさっと読み流してもらって、心の中になにかがちょっとだけ残る。そのなにかがいざというとき気づかない程度にちょっとだけ役立つ。人の心の定点になる。ますますそういうメルマガにしたいと願っています。本年もよろしくお願いします。

母と孫

◎今日のひとこと

人生前半にむだな期間ってあったかな？　と思ったとき、「酒乱の人と同棲」の期間はちょっと長すぎたなという気持ちは変わらないのですが、のちにその彼がうちの両親の看取りや姉の闘病をバイトして支えてくれたことを思うと、ああ、なんと、むだではなかった！　と思ったのです。

酒乱って治ることはないからほんと、毎日死ぬかと思ったけど。過労で倒れて入院も生まれて初めてしたし。

だいたい、家を朝ふつうに出て行った人が、全く違う人物になって帰ってきてその間の記憶はないって、もうほんとうにホラーですよ。泣きながら男友だちたち（ゲイ）の家に逃げ込んで手をつないで寝たりしたのも、今や切なく幸せないい思い出だし。

次にむだだったのは「結婚しようか？」と聞いたら、「全く結婚する気はしない」と笑いながら即答した彼氏（これはもう年齢的に子どもがほしかったりしたらほんとうに時間のむだとしか言いようがない）と同棲していて、仕事が終わったら毎日のようにいろんな人と飲みに行っていた頃だな、と思ったのです。とにかく仕事仕事で若い人相応の青春がなかった私、そして彼はとてもいい人だったので、きっと青春を取り戻していた分、むだではないってわかっているのですが。

彼はほとんど働いてなくて私のサポートをしてくれていたので、そうじはしなくていい、ごはんは買ってきてくれる、どこにでも車に乗せていってくれる、ということで、実に楽な日々でしたが。

あのとき、あんなに飲みに行かずに、英語とかしっかりやっておけばよかったかも……と思っていたけれど、そうか、あのとき週2くらいで飲んでいた女友だちは先ごろ死んだんだ、と思い当たりました。

もう二度と飲みに行けないし、あんなふうに一晩中語り合うことも、笑い合うこともない。

最後のほうは彼女はほとんど歩けなかったから、あんなに楽しく夜道を歩くこともない。彼女の二の腕のぷにぷにしていたところを触ることももうできない。酔っては触らせてもらったっけ、などと思っていたら、あれでよかったんだ、完璧だったんだ、だってあのときにしかできないことをしていたんだから。英語を勉強しとけばよかったなんて腐った考えを一瞬でも持ってバカだったな、と思いました。

あのとき、彼女とちょっといい感じだった、沖縄居酒屋のかっこいいお兄ちゃんにも、きっともう二度と会うことはない。毎晩のように会っていたのに。

緑のソース

だから、むだはないんだ、そうなんだと思ったら、すごく幸せになりました。

きっとむだはないんです。どこかで帳尻が合ってる、「人生ってすごい、因果応報って完璧！」そう思いました。

このちっぽけな脳みそできゅうきゅう考えるより、ずっと先を行ってるのが、人生の理なんですね。

◎どくだみちゃん

行き過ぎたウィット

スペインから友だちが来て、鍼灸や気功ができるからと両親をちょっと見てくれて、「年齢の割にまだ気がたくさんあるし、生きる力があふれているから、まだまだ大丈夫そう」とがんがんしゃべりまくって、両親はにこにこしながら聞いてたのに、父が彼が帰ったとたんに「いやあ、まほちゃんにはまだまだ変わった友だちがたくさんいるねえ〜」と言ったことを思い出すと、笑顔になる。


それからまた別のあるとき。

私には恋人がいたが、横恋慕してくれた貴重な男の子が、私のいないときに私の実家に乗り込んで、自分のほうが娘さんにはふさわしい、それをわかってくれと酒を飲んでくだを巻いたらしく、何も知らない私がのんきに犬など連れてその日の夜実家に寄ったら、
父が「あの子にはそういうバカなところがあるねえ」

母が「そもそもまほちゃんが自分を好きだと思ってるところがおかしいわよねえ」

と言って、それを聞いて姉がゲラゲラ笑っ

ているのを見たとき、だれひとり青年の純情を思いやっていなかったとき、この家族のいいところはここだけだな、笑いのセンス、と思った。個々の才能や病気の傾向とかはともかくとして、全員が財産とすべきはそこだな、と。

後にその青年は「企業に搾取されながら生きているよりも、バイトしながら自由に生きた方がよくないか」みたいなことを父に熱く語って、父に「そういうことだからあなたはダメなんですよ」とさくっと言われてショックを受け、就職して、なんだかわからないけど会社でちゃんと偉くなってるから、よかったのだろう。

また別のあるとき。

恋人のお父さんとお母さんがわざわざ上京して、「もう5年も同棲してるしうちの息子を婿養子にしてくださって全然かまいません」と長男を差し出してくれたというのに、その場はなんとなく丸く収めつつも、

後から父が「いやあ、君と彼の関係を一回も本気にしたことないからなあ」と言ったのも、最高だった。

これは前にも書いた話だけれど、晩年にかなりボケが入っていた母だが、家に知人のおじさまとそのお母さんが来たとき、おじさまのお母さんが「あなた、よそさまのお宅でそんなにたくさん食べるものじゃありません、恥ずかしい」と言い、おじさまが「そんなことはないよ、この家の人だって食べた方が喜んでくれるんだから」と言ったとき、

母が間髪入れずにニヤリと笑いながら「そ

れはどうかな〜」と言ったのは最高だった。

母との関係は最悪だったけれど、母のそういうところは大好きだった。

足とたわむれる

◎ふしばな
失われた繊細さ

毎年伊豆に行くのだが、今や人数が減りに減って5人旅。でも、前よりも楽しい。40年くらいいっしょに行った親がいないのはとても淋しいけど。

前は50人くらいいた。海に泳ぎに、休みに行っていたのに、人づきあいで疲れた。

その50人の半分がうちの父を仕事でも個人でも狙って、残りの半分は私を狙ってるんだから、あとは男女のナンパ問題があったりして、雰囲気ががつがつしていていやだったなあ。

父が溺れた日の夜、命は助かったけれど脳に障害が残るかもと思って愕然としている私が大広間で晩ごはんを食べていたら、サインを下さい、お話をしたいですって話しかけにきた知人の娘息子の純粋な若者が3人。

今の私なら「悪いけど今そんな気持ちになれん」と言うか、「あのなあ、こういうときにそっとしといてくれた人こそを、人は忘れないんだぞ」と言うけれど、そのときはまだ私も純粋だったから、いやいやサインをした。いやいやしたサインや写真を手元に置いておきたい人がいるとしたら、どうかしている。

でも恨んではいない。彼らにしてみたら「有名な人が数人いる団体の旅、おじさんが溺れちゃって雰囲気が悲しくてつまんないな」くらいの感じだっただろうし。それが若さってものだし。

そう、その頃の私はまだ心弱くて、「なぜガッツガッするの？　地球人ってほんとにイヤ！　メソメソ」って感じだった。

金も権力もないのに、何十年も10000人くらいに金を貸せもしくは心をくれって迫られ続けたんだから、そうなって当然だし、人によっては自殺してもおかしくはないと思う。

また、もちろん小説家なんてスーパーエゴイストでないとなれない仕事だし、だからこそ私に「吸い取られた」「青春を返せ」と思っている人たちがい〜っぱいいて当然だとも思っている。

つまりそれは力を取り合う「闘い」であり、あるところ（会社をたたんでからくらいかな）からはその「闘い」の見た目をしてない闘いがほんとうにいやになり、このスーパーエゴを減らす方向に努力しているわけだ。吸い取ろうとするほうの人たちもなるべくさっとかわして。

音もなく、静かに、幸せに暮らし、人には良い気を与えられる範囲でしか近づかないのが理想だ。まだまだだが、80まで生きられたら達成するだろう。子どもを産んでほんとうに愛するものができ、あとは場数を踏んでおばさんになったのもあり、今や「金？　自分で稼げや。心？　おまえみたいな小出しなやつにやるかい！」って感じで、あの繊細な美を返せって感じだ。

でも私が楽になったならいいのだ。そのほうが小説にとってもいいのだから。

ただ私はたいていの人間が嫌いながらも、ひとつには「夢を見させてくれよ」っていうのがあって、つまり自分を含めて「やせ我慢してでも、カッコつけていいところを見せてくれ、人生がたいへんなのはいっしょだからよ」と思って、やせ我慢をし続けて楽しくいようとする人のボロを、できれば見たくないからこそ距離をいいところに保つし、そういうがんばりをしている人のボロは、見たとし

おまけのレモンバームが嬉しかった

ても失望はしない。人間味だな、と愛おしく思うだけだ。

もうひとつ「やっぱり同胞は応援しないといけないだろう、同じ船に乗ってるんだし」っていう程度のザックリした人類愛。下町では常識のこれは、決してなくならない。困ってる人がいたら声かけるし、相談されたらある程度はちゃんとそちらに顔を向ける。それだけ。これは、いやでもなんでもやる。人類の義務だからと思って。

◎よしばな某月某日

排水口のふたの汚れが簡単に取れないのが気になって、でも猫がそこから魚の骨を掘るので姉に軽く「あれを外したいけど、外すと猫が掘らない？」と聞いてみたら、ナチュラルに「ああ、あのケツの穴みたいなゴムのとこね、あれっていらなくね？」と言われ、いろんな細かいことを考えるやる気をなくした。さすが姉だ。

少しずつ仕事が入ってきて、外に出る用事も多い。みんなマスクをしていて、でも店に入って飲み食いするときは取る。そしてみんなうすうすわかっている。もしかしたら、このマスクのしかたって茶番なのかもって。

もちろん高齢の方や持病を持つ方は新型コロナもインフルエンザも避けたほうがいいので、衛生に対する高い意識が行き渡るのはいいことだと思う。それから混んでいるところでは有効だとも思う。飛行機に乗ってとなりが咳魔人だったとき、マスクのおかげで助かったことは何回もあるし。

私も今年初めてかからなかったし、インフル。ふだんいかに真冬に人ごみに出てやられているかよくわかった。スタンディングのライブもおおよそ卒業したし（55過ぎて頻繁に行ってたこと自体もどうなのか）。

微妙に自粛が開けたとき耐えきれず居酒屋に集っていた人たちの笑顔は、全員まるで初めて飲みにいく若者みたいに嬉しそうで楽しそうで、東京人があんなに自然に楽しそうにしてるところを初めて見たかも。それは、問題ありかもしれないけれど、なんか、いいもんだった。最悪のときでもちゃんといいものはある。

はっちゃんに遠くから運転しに来てもらっていることにずっと申し訳なさとむりを感じていたので、はっちゃんが実家の仕事に専念できるように休職してくれてちょっとほっとした。むりはよくない。むだはいいけど、むりは結局だめ。人と人が離れるのは当然、だから、近くにいるときが貴重なんだし。離れても生きて元気でまた会えるのがいちばんいい。

車はもうボロボロで車検を通るか通らないか、今年はぎりぎり。

また運転バイトを探すのか、おおごとのときだけはっちゃんに来てもらうだけでいいのか。廃車なのか、中古の軽でも買うのか。

明日はどっちだ〜、と様子を見ているときがいちばん楽しい。

運命の流れがどうなっていくのか、どんなことが起きるのか。

[*53]としえさんのタイムウェーバーを受けて、

あとからそのグッズをとしえさんのポイントになるように購入するよって言ったら、「了解です」ってとしえさん個人のパスワードが送られてきて、「これじゃ個人情報が見れてしまうかも、だめじゃん」と言ったら、「信頼してるから大丈夫です！」って、こんないい人、久しぶりに見た。なんか、心が温まった。いろんなことがあってもこんなふうでいられたら、結果、最強だと思う。

まっ赤な花

ありかた

◎今日のひとこと

もうおばあさんという年齢のカメがいるのですが、気の毒なことに私に合わせてちょっとずつ夜型になってきました。

ふつうカメは午前中だけ活動して午後は散歩する以外ほとんど動かないいんだけれど、うちのカメは私の時間に合わせて午後3時くらいに猛然とごはんを食べたりしていて、申し訳ないなあと思うのです。

日本だと紫外線が足りないので、ほんとうは1日中紫外線ライトをつけていないといけないんだけれど、夕方からすごくまぶしそうにするので梅雨とか冬しかつけないでいます。

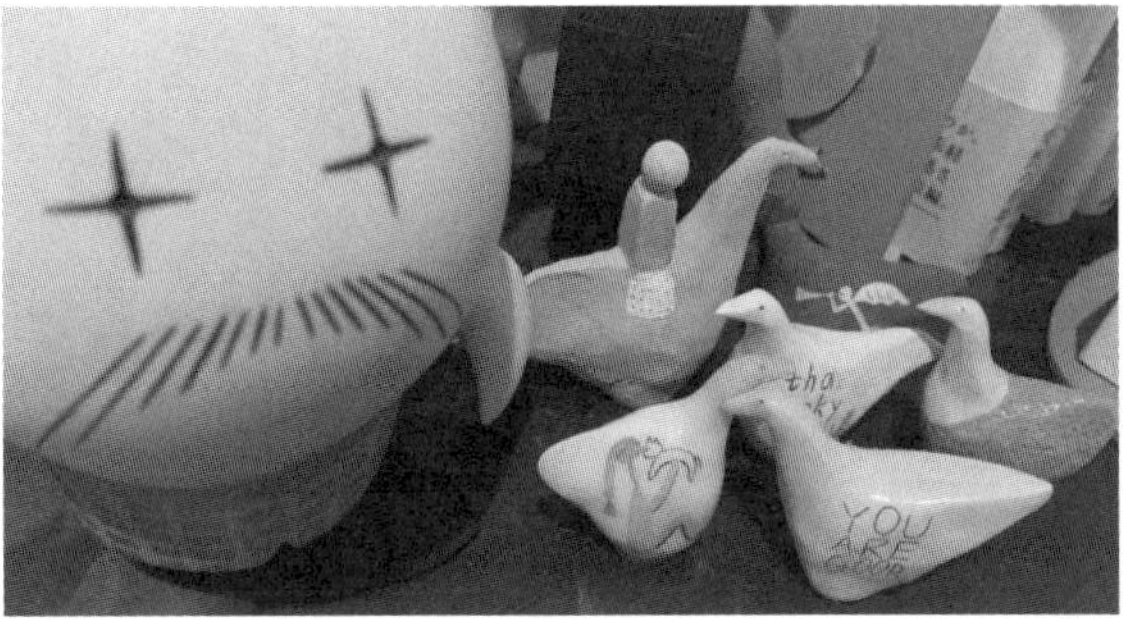

「モジャ公」のオットーさんと渡邉知樹さんの鳥たち

お風呂に入れるときも、背中のこのへんにお湯が当たると気持ちがいいんだなというのもわかったり、これが共に過ごしてきた年月なんだなあと思うのです。

朝ケージから出すと、カメはずいぶん長い間むにゃむにゃしてから散歩に出かけます。

そのむにゃむにゃのあいだに、掃除ロボットを1回くらいは回せるんだけどなあと思って、先に掃除ロボットを稼働させて散歩を後にしたことがあります。掃除が終わってからどうぞ歩いて、とカメを出す。

すると、カメのリズムがちょっと狂ったのです。

雨戸が開いて光が入ってきたら、ウォーミングアップの後に散歩に出かけるというルーティンが、光、むにゃむにゃ、まだケージから出してもらえない？　なんで？　みたいなもやもやした感じなのです。

これは、効率ではなくカメの自由なリズムのほうが大事だなと思って、前の通りにしたのです。するとかなりむにゃむにゃしたあとでやっぱりカメはカメなりのタイミングで動

サンリオで出てきたお茶。さすが！

き出せる。散歩も遠くまで行く感じがします。効率という点から見たら、カメを待ってないほうがいいんです。

でも、大きな目、長い目で見たら、そのむにゃむにゃが健康に及ぼすなにかを決して無視できない。

これって人間にもそっくり当てはまると思うと、ぞっとしませんか？

そういうことがなにかしらないか、自分の生活を見直してみようと思いました。

◎どくだみちゃん

カルアミルク

見る人が見たら、私は私のためにエネルギー的に犠牲になった屍たちの上を、ブルドーザーでバリバリ進んでいく恐ろしい生命体なのだろう。

そういう面があることは否めない。

それに正しさというものは常に主観的なものなので、そう思う人たちを否定できない。

じゃあ、なにが問題ないかあるかを決めてくれるのかといったら、それは多分健康であるかどうかではないかと思う。

健康イコール善、病気イコール問題があるということでは決してない。

病気でも健康な精神を持ったままの人はたくさんいるから。

おいしくごはんを食べて、おいしく感じないときは食べないで、よく笑いよく泣き、よく眠れる。

そういう状態で人に悪を為すことを保つのはなかなかむつかしいように思う。

菊地成孔さんのペペ・トルメント・アスカラールというバンドがあって、その生演奏を聴くと、70分がほんの15分に感じられる。

え？　これからじゃないの？　と思うときにさっと終わってしまう。

このように時間を感じることを、生きているというのだとしたら、

そういうふうなときが多ければ多いほど、人の生命は燃えているんだと思う。

けっこう好きな人たちとの会で、ずっと楽しくてにこにこしていたのに、

最後の1杯が余分だったなと思うことはよくある。

その1杯がこれまでの最高の時間を全部帳消しにする。

サンリオピューロランドのトイレにて

恋人との別れ際に、別れがたくて夜道でしゃべるのは美しい。

でも、そこから店やホテルに行ってしまったら、夜の美しさがみんな消えてしまう。

そんなときいつも岡村靖幸の「カルアミルク」の出だしの部分が心をよぎるから、きっと人生にとってこれはすごく大事なことなんだろう。

まあ、あの歌では結局よりは戻りそうなんだけれどね。

◎ふしばな

感覚

昔とある大金持ちの家で、小さいまま育たなくなったリクガメを見たことがある。

件のライトに24時間照らされて、とても狭いところで飼われていた。

大きくならないのではなく、大きくなれないんだなと思った。このカメに生まれなくてよかったなとしみじみ思った。

まあカメ界から見たら、私の飼い方だって虐待だろうと思う。ライトはろくに当ててないし、午前中に運動させてないし、くちばしはなかなか切らないし。

でもカメを見て、ほんとうに、いろいろな感情や勝手な思い込みなくただ姿を見たら、「低め安定だけれどおおむね健康で生き生きしている」と言えると思う。朝起きて歩き出すとき、好きな場所で寝るとき、「悪くないな」という気持ちが伝わってくる。

赤ん坊がいて他に動物がいっぱいいたとき、カメはもっといいかげんに飼われていた。暑くて出たがっているのに出さなかったり、野菜がない日はフード中心だったり。

今はやっと手をかけることができるので、長生きしてくれてありがとうと思う。


自分の体に関しても同じことが言えるように思う。

「これとこれをしておけば大丈夫」ということは人体にはない。

だから毎日、よく観察することがほんとうに大切だ。この不具合はどこから来ているのか、精神か、肉体の疲れか、なにを酷使したか。

その上でも不調は現れる。もぐらたたきのようなものだ。そこでは少々の不調は見逃して様子見することも大切だ。

今思うと、根管治療に至った歯茎の「ポツン」とできたなにかは、確かにできては治る単なる「ポツン」ではなかったように思う。腫れてもいないし、痛くもない。だから誰もが見逃すのだと歯科医の先生は言った。痛くなったときに駆け込んでくるけれど、けっこう大変なことになっていて治りも遅い。だから、早く見つけることが肝心で、定期検診は大事なんだとおっしゃる。ほんとうだなとしみじみ思った。歯に対する問答無用にきちっとした姿勢だけが大切なのだ。


若い頃はお金は今よりあったけれど、お金にまつわることが怖くてしかたなかった。ローンの計算表なんて来たら目をつぶって捨てそうな勢いだった。

でも今は違う、これこれこうして、こういうふうにできたらこうなるな、と考えているから、ネットで銀行にログインするのが怖くない。

全てがこの感覚の中にあれば、きっとお金でうんと苦しむことはないのだろうと思う。

私はでたらめな服を着て、全くきちんと生きないことが許される仕事だからそうしているけれど、資産のある家の子どもたちは、自然と上記のようなふるまいをしているように思う。そしてそれは親から受け継いだ大切な「感覚」なのだと思う。

コツコツしていない見た目で一攫千金を説かれたり、ボロボロのさいふで株の話を持ちかけられても誰も信用しないということを、また、異様にギンギラギンに金目のものを身につけている人もちょっと違うということを、彼らは最初から知っている。

お肌がボロボロの化粧品売り場の人を見るときと同じ理屈だ。

たとえば兄貴は資産家だけれど、上半身裸だったり、札束がドバッとさいふに入っていたりいろいろイレギュラーだ。しかし深く信頼できるのは、その清潔感ゆえだ。

兄貴が身ぎれいじゃないところを見たことがない。いつもパリッと清潔なTシャツやパンツを身につけ、髪の毛がだらしなく伸びていたことも一度もない。心のもやもやはそういうところに出てしまうものだと思う。

私の死んだサイキックカウンセリングの友だちは、亡くなる直前はそれどころではなかったのだろう、服も髪の毛もボロボロだった。とてもきれいな人だったし、若い頃は常にきれいな服を着ておしゃれしていたので、残念だと思う。最後のほうは外で会うとホームレスの人と間違えるほどの手の入らなさだった。同行するのに少し勇気がいるくらいの。

名誉を損ねるつもりで書くわけではないけれど、最後のほう、彼女の客間じゃないほうの部屋の真ん中には服の山が積んであって、電球も換えていなかったから真っ暗で、だんだん足が悪くなってきたから洗濯もほとんどしていなかった。

そこには死んだ理由まではいかないけれど、なにか大切な教訓があったような気がする。

そんな状態でも鑑定のお客さんを通す部屋はいつもどうにかきれいに保っていた。だから彼女は最後まで仕事に関してはプロだったのだと思う。私生活にもう少し力を入れてくれたら、まだ生きていたのではないかとよく夢想する。

いちど骨折したとき「よくわかった、これからはもう少し自分を大切にする」と言って、つきものが落ちたようにいい笑顔をして、手が動くようになったら部屋を片づけるんだと言っていたのに。

復活したら結局また忙しくなって同じような感じになり、実家に帰ると言っていたのにそれも忙しさにまぎれてやめてしまった。

あそこが運命の別れ道だったのだな、と思う。

逆にいうと、運命は「悪い知らせ」を急にがーんと突きつけてくるわけではない。その骨折のように、よく見たら必ずサインが何回かある。そこでなにかを大きく変えないとアウトだということなのだろう。酒をやめるとか、引っ越すとか、ものを減らすとか、生活を整えるとか。

つまり放蕩っていうのは、健康でないとできないし、健康でなくなったらもう終わりってことなんですね。

成功とかお金の話だけではなく、本人や環境の清潔さの中にはなにか、とても大切なものが潜んでいると思わずにはいられない。整頓ではなく、清潔さ。そのふたつは似ているし混同されやすいけれど、ちょっと違うように思う。

整頓されているけれど不潔な空間って、案外いっぱいある。

そして長くやっているお店がだんだん不潔になっていくと、そのお店はそんなに長くない感じがする。

近所に老夫婦がやっているお店があったのだが、最後の方はお皿が汚かったり、スプー

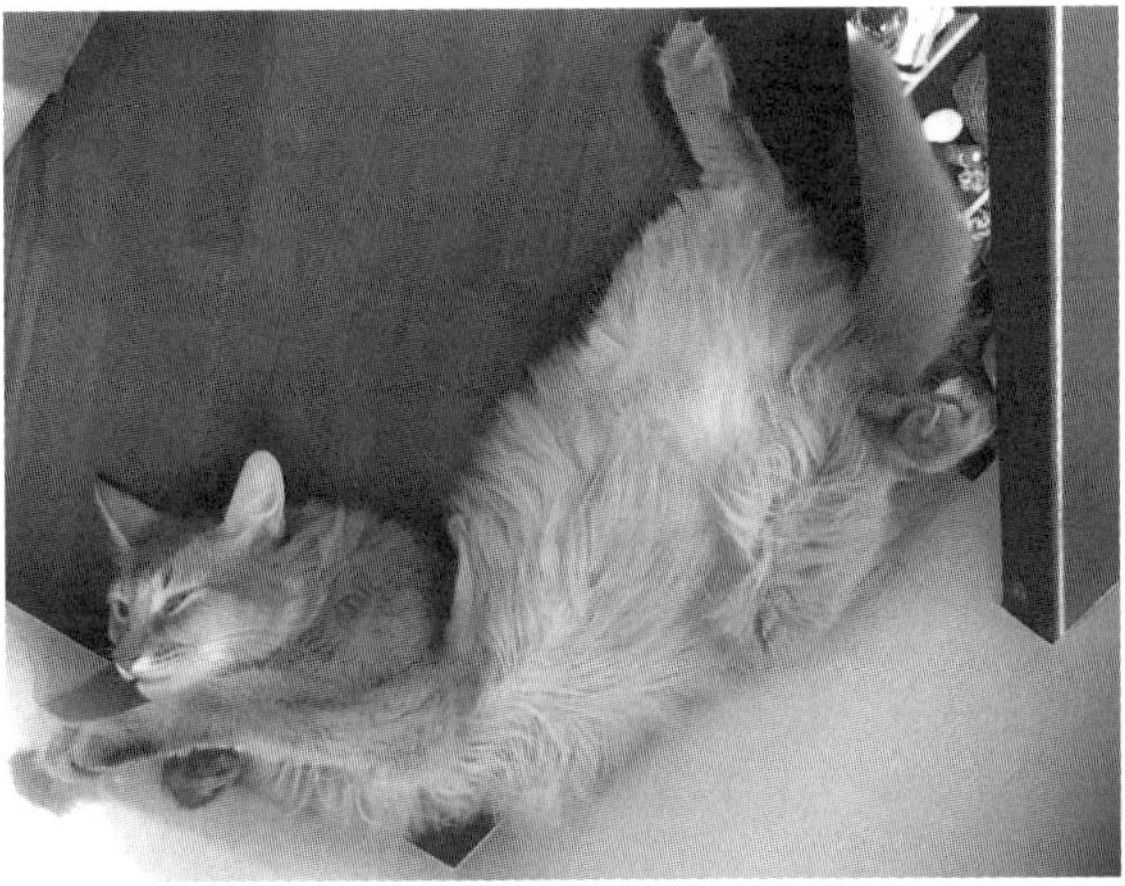

変な寝かた

ンが汚れていたりした。そこまで手が回らなくなったのだと思うと、切ない。

歳をとって清潔を保つためには（整頓のことではない）、とてつもない力がいるように思う。だんだんとものを管理できる程度に減らしていかなくてはな、と強く思う。

◎よしばな某月某日

「他に16人の団体が入ってるけど大丈夫？」と予約していた店から連絡があり、ちょっといやな予感がしていたのだが、案の定うるさすぎて耳が痛くなったし、こちらのツレとの会話が大変過ぎてこちらの声も枯れた。こえ占い千恵子だったらきっと店を出ただろう！

うるさい人たちはスナックかバーの閉店、ママの送別会らしかった。ママは北海道に帰るという。まあ、騒ぎたいだろうなと思って特にいやな顔もせずに過ごしていたが、だんだんみんな泣き出して、よく聞いたらママが重い病気だそう。ママの顔色のあの黒さは……どこかのがんなんだろうなあ。

この16人で、毎晩のようにものすごく飲んで、笑って、エロいこともそれぞれにいろいろ交差しあって、みんなにとって店とママがよりどころで、そしてある日「悪い知らせ」があるまで、いろんなことに気づかないふりをして酔っ払っていたのだろうなあ。人間って愚かでそして切ないものだなあ。

そのうるささの隙間でいっちゃんと会話をしていたら、先日仕事で会った人の話になり、その人が「Tinderでさくっと検索してマッチングしたのが『男のムスメ』だけだったんですよ。それしかいなかったからしかたなく会ったんだけど、それでネコかと思ったらタチで、それが罠だったんですよ。こんなにムスメなのに攻めるっていう。だいたい僕はノンケなんですよ、女性が大好き。だからもうほんとイヤだった」と言ってて、最初ほんとうにその話の全貌がまるでミステリーのようで全くわからなかったのだが、相手のTinder上のプロフィール写真を見せてくれたらその相手の人がほんとうに男のムスメとしかいいようがない、すごくきれいで清楚な女性の姿をしていて、しかもそこでの名前も「男のムスメ」で、「あれは、ほんとうにまさにそうとしか言いようがない写真でしたね」っていっちゃんが言ったとき、ふたりとも笑い過ぎて泣いてしまい、店内はみな泣いていたが、そういうわけでこっちの涙はもっとバカな涙であった。

泥染めの色が大好きで、先日、ものすごくいい色のタンクトップがあったので、ためらいなく買った。

いつまでもいつまでも信じられないくらい泥臭い。そしてごわごわしている。

きっと体にいいんだろうと思う。でも、固い。

泥染めってヘナ染めに限りなく似ている。体にいいんだろう。でも臭い。そして髪がごわごわする。

この問題はまだよくわからないので、とりあえずごわごわがなくなるまで根気よく洗ってその後の感覚を知ろうと思う。

ヘナに関してはたまにめちゃくちゃ人工的な毛染めをして心のバランスを取ろう……。

幸せなおにぎり

買うは捨てるのはじまり

◎今日のひとこと

若い頃はなにも知らなかったし、未来は無限にあると思っていたし、ものを買うくらいしか娯楽がないほど仕事が忙しかったから、いろんなものを買って、使い倒して捨てたり売ったりあげたりしていました。

私のもの持ちの良さは異常で、30年前のマフラーとか平気で今も巻いてます。穴をつくろってまで。

スタイリストさんや外商さんには決して頼らなかったから、その経験は決してむだになっていないのです。センスはちゃんとそこそこそこ育ったし（しょせんそこそこですけれど、

ビールとポテト

なにせ服のことを何も知らなくて冬に夏服を平気で着ているような人間だったから。前も書いたけれど、当時の仲良しの女だって大学生にもなって平気で真冬の大通りをタオル地の超ショートパンツとどてらを着て歩いているような状況だったから)、今も合わせを考えるのは大好きだし、自分以上に、人に似合うものがよくわかります。

でも人生折り返したらさすがにわかるのです。

買うということは、いつか手放すということです。

だから慎重に大切に買おう、と思うのです。これを死ぬときまで持っていられるか、死んだ後に処分されるか人がもらうまで、大切に使えるか。

ヴィシソワーズ

そういうことを考えて、ものを買うようになったのです。

もちろん心の半分は「うっせーな、今買いたいから買うんだよ！　どーだっていいよ」と思ってます。そんな買い物をする日ももちろんあります。これも、ある意味人生にはとっても大事なことなように思います。

その両方を心から体験して、やっと中庸が生まれるのです。

この場合の中庸は落としどころと言ってもいいかもしれません。

「これは5年くらい使えたらもとが取れるな。これはもしかしたら10年使えるかもしれないな」そういう目が育つのです。

そして人にいただいたものでも、少し使って「これは違うな」と思ったら、素直に人に譲ることができるようにもなります。

そんな全てが、生きるっていうことだなと大げさですが思います。

◎どくだみちゃん
100年前の服の店

天井から見下ろすようなたくさんの100年くらい前の服に囲まれて、その服の成り立ちを語るお姉さんの目は大きくて静かでとてもきれいだった。

「これは消防士の服、だから首のところに炎の刺繍がしてあるんですよ」

「これは羊飼いの服で、羊の毛や汚れがつかないように、何回も染めてツルツルにしてあるんです」

「ここに穴が開いているのは、この時代、トイレに行くときに服を脱がなかったからなんです。立ったままでこの穴から用を足していたんですね」

何百回も説明したであろうその言葉を、

淡々と優しく教えてくれる。

さっきまでただの少し臭くて古い布の集合だったその服たちが急に尊い宝石に変わる。

今日もあのお姉さんはあの服たちの中で、あの服たちを手入れしながら、自分もあの服を着て、いろいろな想いを背負いながら、ていねいに接客しているのだろう。

それはもはや時代と時代をつなぐ門番のような役割に見える。

あの空間のことを思うと、なぜか気持ちが少しだけしゃんとする。

次々に消費しては購入する怒濤の流れの中に、そっと浮かぶ小さな美しい、時間が止まった島。

北欧風オープンサンド（すべて兜町界わい）

◎ふしばなもの

会計士さんに事務所物件の購入を勧められ

るも、「これはもう運命だ」という物件がなかなかなく、ゆくゆく自分の遺品など（貴重な絵画や人の形見もいっぱいあるから処分できない）を詰め込む倉庫やワンルームをいつか買えればいいかとあきらめて、方針を転換し猛然とローンを返している。むりのない範囲で。

なんとなく未来はわかっている。返し終わるといきなり物件が湧いて出てくるのだろう、と。

あと、自分はいつか田舎に住むのでは、だって東京って自然がなくて苦しいもん、と思っていたけれど、このまま行くと台湾は別として日本の拠点は一生東京で終わりそうだ。これはこれで田舎の町に一生いたのとあまり変わらないのでは。

それから少し前まで「姉がいつか死んだら、あの家はどうするんだろう。上物の価値はゼロ。猫はうちではその頃の自分の年齢ではもう飼えないから姉がいなくなったらみんな解散か施設だろうし、うわあ、めんどうくさい」と思っていたけれど、最近は「そうなったら週1で通う。そしてこつこつ家族のものを片づけて、壊して、売る。その動きの中で近所の居酒屋に毎回行くとか、なにかしら楽しいこともあるだろう、そういう時期だと思うしかないだろう」と淡々と思う。

これってもしかしてオレ、ほんとうに大人になったのでは、と思う。

だからこそ姉に生きていてほしいので、毎日やりとりをできる幸せをかみしめている。

これは大変に参考になることなので、私と

タイプや収入（大企業の課長くらい）や年齢の近い人は考えてみてほしい。

バブルの頃は、収入も多かったし、ものの価値も少し低かった。

なのでおおよそ、ふだんの服の値段の最大値が14万円くらい（ひんぱんに購入していたわけではない）だった。カバンも同じくらい。

収入が減り、あるいは私のように借金があるのなら、それを上限5万円くらいにすればいい。過去の蓄積があって購入頻度も減っているぶん、また化繊の服、重い革のカバンなどがフィットしなくなる年齢なので、とても現実的な設定。

数年に1回余裕があれば大物を買う、くらいでちょうどいいと思う。

私ほど衣装費がかけられない（衣服の一部が経費として扱われない）、あるいは服にさほど興味がない人であれば、
上限は2万円くらいでも問題はないと思う。ただ、日本って同じような服ばっかりで、その価格帯にはなかなかバリエーションがないから。好きなブランドを見つけるのがだいじかも。

ここで危ないのは、上限を下げた分そこそこ安いものをたくさん買ってしまうということで、それだと全く意味がない。単にいろいろ持って楽しみたいのだったらレンタル世界に行った方がいい。

また、まめに売ったり買ったりして振り回されるのもまた違う気がする（そうは言っても私も本と服とカバンはなるべく捨てたくないので、よほどボロボロになってから捨てるか、買取で買い叩かれてもしっかり次にゆず

る。その頻度を上げないようになるべく手放さないような買い物をしているというだけ)。

飽きたら売ればいい、という気持ちで流行に伴い持ちものを回転させていく人生は、時間がもったいないしほんとうに疲れると思う。時間もお金なんだから。

あくまで基準値を根本から変え、行く場所も変える(つまり大手海外ブランドにはアウトレットでちょっと立ち寄るくらいでいいということ)ので、新たな楽しみが見つかる。センスとみすぼらしさとの勝負でもある。最悪の場合(全品から安物感や老け込みだらしない感がうっかり出ちゃってる日など)、時計と靴さえちゃんとしていれば、レストランやホテルの人はわかってくれる。

パリでたまに知人から「マジでぼろぼろの人がレストランにいてギョッとしてよく見たら、ジェーン・バーキンだった」という話を聞くんだけど、決して都市伝説ではない。でもきっと、あの方も行きつけの店以外に行くときは、靴かカバン(あの有名な)か時計は気をつけている気がする。

もちろんあくまで年齢と共に重厚マダムになりたい人は、品数と購入頻度を減らせば良い。

私の場合アクセサリーには全く興味がなく、ジュエリーは投資対象なので、異様な額のものに手を出さなければ、金預金と同じなので問題はない。

また、私の場合の高い服はギャルソンに限られているので、20年は保つ。これはエルメスとかでも同じことなので、そういう方針もあると思う。

でもグッチやヴィトンは違う。毎年違うラ

インをわかりやすく繰り出してくるので、ベーシックなライン以外は古くさくなる上にマニア以外にはなかなか売れなくなる。

綾戸智恵さんと菊地成孔さんのライブを見に行ったとき、菊地さんが「ほんとうにいるんだ！　という気持ちがいちばんで、伝説の生き物みたいな……そして綾戸さんの時計とメガネがほんとうに高そうで、さすがだなって思いました」みたいなことをおっしゃっていて、ううむ！　と思った。そう、綾戸さんの気さくな雰囲気と一流の演奏のギャップに、その高級感あふれるメガネと時計がほんとうに合っていたのだ。

「ドーバーストリートマーケット」の中の「UNDER COVER」のディスプレイ

◎よしばな某月某日

猫が虫を追いかけて走り回って目をぶつけたらしく、片目が腫れている。

しばらく様子を見て、ずっとそのままだったら病院に行くしかないかなと思っていたら、しばらくして夫と猫が部屋から出てきた。

猫はにゃ〜ん！　とかいってて、すっかり目が良くなっている。そして夫はなんとなく疲れている。

「目が治ったね」と言ったら、「ロルフィングをした」と夫が言った。

妻の腰痛などには決して適応されないその集中力、迅速さ、高い能力。さすが「猫型宇宙人がいたら結婚したい」と言っている人だけのことはある。

そのときは私も素直にあきらめて祝福しようと思います！　そして自分は犬型宇宙人と結婚します。

文庫の解説で対談をしたものすごい美人のまんきつさんが「弟が写真を撮って、私が半裸でグラビアに出たことがある」と言っていたので、担当さんに送ってもらってその写真を見せてもらった。

きれいだし、楽しそうだし、いっしょうけんめいだし。あんな心も見た目も美しい人が、とにかくいっしょうけんめいに生きている様を見るといつも感動してしまう。

でもこの走るときの敏捷そうな動き、そして胴体の感じ。なにかに似ている……。

わかった、「女型の巨人」だ！

本人に言うかどうか、今、迷い中（後日言いました！）。

小さかった頃、ダリ展で

ほんとうに得る

◎今日のひとこと

「TENET」を観て「お金持ちってほんとうにこういう生活をしているよなあ、超リアル！　そして少しは悪いことをしないと決してここまでにはならないんだよなあ」と思うだけなのもどうなの？　とは思うけれど、それがいちばんの感想でした。

これを書いているのは9月。今さらネタバレもなにもないような気がするのですが、なるべくしないように書きますと、「あの女性を、そんなに愛せる？」と考えた場合、「問題の解決になくてはならない重要なピースである」という以外、あまりにも全てが（普段

いくらとタラコのリング

着など特に）特権階級すぎてよくわからないなあ、という答えしか出てこないという。

監督もそのあたりをちゃんと（ブルックス ブラザーズのエピソード）描いているんですけどね。

現場のほうがかっこいい的なことを。

でも監督の「こういう映画でのこういうプライドを崩さない女って最高だな」的な趣味が勝ってましたけどね！

確かに、密はいろんな意味で疲れる、できれば飛行機では広々座りたい、空港で長い間並びたくない、休暇はそれぞれのいい季節にいい土地でゆっくり過ごしたい、そのためには飛行機はプライベートジェット、できれば船もあるとどこにでも行けるからいい。買いものは服など含めてできれば貸切ショッピングか配達で済ませたい、レストランではゴミゴミした席に座りたくない。

命を狙われるほどの財があったら、人に会うことそのものがリスクの人生なら、そう思うのは当然です。

そして上記のことが全く逆の順番でどんどん不可能になっていくというのが、貧困というもの。

日本は平等にそこそこいいものを供給することに対して、ほんとうによくがんばっていると思います。

私はどちらからももう離れてしまいましたが、例えばカルビーには足を向けて寝られないし、ガリガリくんのない世界を考えたくないです。日本の冷凍食品やコンビニの「安くておいしい」方向性を決して侮ってはいけません。開発の人たちは本気で作ってますし。

でも、一生に一回も会うことがないほどの階層差による違う生活圏があることは、昔から変わりがない。私でさえこうなんだから、いわんや財閥をや。

それくらい特権階級のうまみってすごいんです。

役割さえしっかり果たして、理由をつけて仕組みを見ないようにしていれば一生どころか子孫まで保証されるんですから、もはや公務員の安泰なんて意味がないくらいです。

私は人生で何回か、そういう人たちの家に遊びに行っています。

「バカでなにも気づかない芸術家」として、無邪気を装って。あまりの凄みにいつもそこのボスに恋をしそうになってあわてて帰宅するんですけど。

いつも思うのは「こりゃ、確かに生活はうんと楽だわ」です。一生洗濯ものを取り込まなくていいなんて（そこ？）！

でも楽ばかりしているわけではなく、その状態を保つために必要なのが「『いっしょうけんめい働く』では決してない」というシンプルでなさに、当惑もします。

そうするとやはり、ダライ・ラマさまや、兄貴のような、「心と魂がした選択を生きる」ほうがかっこいいなあ、それにもう二度と「つ串亭」で焼き鳥とか食べられなくなるのもいやだしな、ホッピー飲みたいし。

などと思い、自分がいかに今の人生を愛しているかを知るのです。

そう、よくそういう映画で見る、完全に見晴らしがいいレストランの個室。あれは私た

カルパッチョ

ちが思ってしまうような、「お金があるから行ける背伸びする場所」ではなく、「リスクが高すぎてそこにしか行けない場所」なんですね、ほんとうはね。

私の人生への愛、それは単に習慣による愛着なのかもしれない。全取っ替えしたら意外にすぐ新生活になじむのかもしれない。

でも蓄積しているうちに、ほんとうに心の平安があって、周囲の人たちを愛していくようになっていくこと以上に人生には望みはないということに、どんな人も、どの道を通っても、どこにいても、なっていくのではないかなと思いました。

◎どくだみちゃん

ちょっとだけ盗る人

とても魅力的で、面白くて、美しくて、いっしょにいると時間がどんどん過ぎていくタイプの人で、どうしても親しくなりきれない人がたまにいる。

どうしてだろう？

お尻がぞわぞわっとする感じ。

早く帰りたくなるような、そんななにか。

長い間観察してきて、だいぶわかってきた。

「急」なのである。

エキセントリックなのではない。

急に人の持ちものやさいふや時計やブレスレットに触るのである。

私はそれがほんとうに苦手で。

最近は「いやです」と言うようになった。

ストローで吸われているみたいで。

もう少しライトな感じの人だと、いっしょに行ったお店に後日他の人を連れてやたらに行くのである。

それは私もやることだけれど、スピード感が違うのである。

翌日とかに行くのだ。

そういう人を見ると、いつも「じゅうたん爆撃」という言葉を思い出してしまう。

家に遊びにきて、犬や猫がいる暮らしっていいね、と言って、

翌週には犬か猫をとんちんかんな飼い方で飼ったりするのである。

ほんとうに恐ろしい。

出会いがないというので男性のいる宴会に誘ってみたら、実はもう同棲していて、離婚調停に不利になるから誰にも言っていなかっただけという人もいた。

誘われたら、別の理由で断れなかったのか

な？　と思う。
そんなふうにちょっと盗みながらでも成長していくのが人だから、
その人なりの道でいいともちろん思う。
ただ頼むから遠くでやってくれと思う。
ただでさえややこしい世の中、周囲はなるべくシンプルにまとめたいから。

そういう人にあまりにたくさん出会って、すっかり人が嫌いになった。

それでも、新宿の雑踏などで、あまりに多くの種類の人を見て衝撃を受ける。

全く違う人生、ちゃんと出会うことはきっとない人たち。

でも、もし前を歩く人がなにかを落としたら、基本みんな、「落ちましたよ」と拾ってくれるのだろう。

もしなにか怖いことがあったら、みんな「お母さん！」「ママ！」ってきっと言う。

それだけが救いの、この世界。


もちろんそうした苦手な人たちとも、心触れ合うことはあった。

いつかそういう人のひとりが、
外国人の運転手さんとにこにこしながら、「見あげてごらん夜の星を」を英訳してあげていた。

日本語で流れるその音楽に、彼女が英訳をつけて教えてあげる。

とてもかわいい光景だった。

あとで「どこまで通じてたか、さっぱりわからないけど」と笑っていた。

いつもそんなふうだったらいいのに、翌日

さっそく、同行の人からお気に入りのビーサンを「私持ってきてなくて」と借りたまま、返さなかったなあ。

私だったら、買いに行くけど。自分のお金で買う、長く使える自分のビーサンを。

ゆっくり散歩しながら、楽しんで探すけど。

そのほうがよっぽどすてきなことだと、私は思うけど。

それでも、あのかわいい光景のきらめきは、私の心から一生消えない。

いつかやくざの若い愛人の女性が、
座ってよその家の犬を撫でている私に、はにかんだ笑顔で近づいてきて、

「かわいいですね、うちにも犬がいるんです」

と言った。

「そうなんですね、こんなふうに広い庭があったらいいんですけど」

と私は言った。

しばらく黙って並んで犬を撫でた。

私たちの人生は交わらないけれど、あのときに通い合ったものこそが、

「ドーバーストリートマーケット」の象と

人間と人間の心だったと思う。
あなたも大変ね、私も大変。でも今はとってもいい時間ね。
そう言葉では言わなかったけれど。
静かな夜で、外では虫が鳴いていた。
一瞬だけ交わった人生の切ない苦味、甘み。
そういうことだけでいい、それだけが全て。

◎ふしばな

外す

おじいちゃんがこの世への未練を少しずつ外していくのを、見事だなと思いながら見ている。畑仕事、自炊、運転、嬉しさ、食べたさ、動きたさ、孫と遊びたさ、息子を叱りたさ。

ほんとうに少しずつ、上手に手放していく。見ているのは辛いけれど、この静かな変化そして粘りが自然というものだという絶対を見る。

やはり昭和、平成&アーティスト的な人生には決してマネできない凄みを感じる。

いつもたくましかった腕が細くなっていくのを見るとこちらは悲しいけれど、いつも、どんなときでもおじいちゃんは私たちとその年齢で持っているもの全てで接してくれたんだなあとも思う。

またそのおじいちゃんのところに問答無用でこつこつ通い、世話をし、消耗しながらも当然のことというふるまいをしている夫もすごい。

私ならすぐさぼったり、おじいちゃんの横で寝ちゃったり、出かけちゃったり、数日開いちゃったりしそう。おじいちゃんの部屋ですぐビールとか飲みそう。気づいたら朝、明日帰ればいいやって思いそう。

こういう人たちには一生かなわないなと思うけど、適材適所ってこういうことだなと思いながら、自分のチャラい使命を全うするしかない。

私の父はそういう感じでじっくり外すのが全くできないとっても不器用な人だったが、最後の日々、ふつうに這っていたことはすごいと思うし尊敬している。外の店でも階段では這っていた。スパイダーマンかと思うくらいだった。今も中浜屋の赤い階段を見るたび、そこをナチュラルに這っていった父の姿を思い出してきゅんとなる。

死ぬ直前なのにお正月にむちゃくちゃかまぼこを食べていたのも忘れられない。最後の誕生日にコロッケを4個も食べていたからうっかり「まだ死なないな」と思ってしまったことも。

食事中の方はごめんなさい、目は見えないし這っているのに、父の便は最後の最後まで20代くらいのいい感じだった。大腸がんをやっているのにである。

そのアンバランスさこそが父だと思うと、ゆっくりと、きちんと去っていくのとは違うあり方もそれはそれで愛おしいなと思う。

父と、とても親しい友人と、母をいっぺんに見送った年に、毎回お通夜だのお葬式だの墓を直すだの納骨だのでずっと着ていたスカートを、もう見るのがどうしてもいやになってしまい、売ってしまった。

しかしそれは貴重なポール　ハーデンのも

のだったので、今になって後悔の歯ぎしりをしているこの煩悩、これこそが生きるっていうこと。

親友のひとりと、犬1匹、猫2匹をいっぺんに送った年もきつかったが、おかげでコロナに備えたかのように引きこもりになれたのでよかった。これも生きるということの側面だろう。

今さらの永久保貴一ブームに襲われ、実話[*54]ベースの密教のお坊さんの本を読んでいるんだけれど、お坊さんって本来はこんなに勉強してこんなにもいろんなことができるんだ！と衝撃を受けた。優れたまんがってちゃんと人に勉強をさせてくれる。現場の密教のお坊さんがリアルにしていることのすごさに驚くし、ほんとうは葬儀であげるお経ってこんな役割があるんだ、お墓まいりってこういうことなんだ、と感動さえした。形骸化してるったらありゃしない。

じゃあ、地主だからってカネカネとカネばかりを要求してくる、某私に近い（父のお墓がある場所じゃありません）某寺の坊主は一体なんなの？　猫の毒エサを撒いたり、カエルをコンクリで埋め殺したり。すでに逆をやってない？

でも、そうじゃないお坊さんっているんだ。困ったらとりあえず相談したくなるような人がまだこの世のどこかにいる。

そう思うだけで、気持ちが明るくなる作品であった。

永久保さんがひたすらに怖い心霊まんがが一辺倒から、だんだん品格が上がっていく様子はもう、どんなフィクションでも読めないく

隈建築のやきとり屋さん

らいリアルである。

◎よしばな某月某日

年齢ハゲ（年齢肌という表現を完全におちょくった独自の表現です。年齢ハゲには個人差がありますとよく広告の下に小さな字で書いてある部分です　笑）によって、おでこが広くなったのでいきなりアップとか結ぶのが似合うようになる展開ってなかなか予想がつかなかった。人生ってこういうところがいいんだなあと思う。

いきなり金が似合うようになったのもほんとうに驚く変化だ。若いときはいくら背伸びして金を身につけても、成金にしか見えなかった。

減るだけのものってないんだなあと思う。

タッキーは元部下で、お友だちというのとも少し違うが、この世がタッキーと私だけだったら戦争は絶対起きないなといつも思う。

私がタッキーが買ってきたポップコーンをほとんどみんな食べ散らかしても許してくれるからだ。

それぞれの国で、それぞれが自国の文化を

大事にして平和に暮らせたら、今この世で起きているほとんどの問題は解決するのに、勝手に野蛮なのは人類のほうなのでほんとうにしょうがない。

　それでも、弱い足取りで少しずつ、業の少ない人類に向かっているのではないかと思いたい。

　私の世代やその上の世代の「流転の海[*55]」的ダイナミズムは決してないかもしれないけれど、若い人たちが平和を望むのはいいなと毎日のようにダライ・ラマ法王の講義を見ながら思う。リアルタイムでそんなすごいものを観ることができるなんていい時代すぎる。

　息子が深夜に「天下一品ラーメンを作って」と店まで指定して言うので、取り寄せておいたストックから作ってあげる。

　食べ終わって彼が言う。

「すごくよくわかった。おいしいけれど、俺はやっぱり鶏の白湯よりもとんこつが好きだってことが」

　作ってくれと言っておきながら！　昔、京都で天下一品御殿も見たと言うのに！　親って切ない。

　敬老の日なので、おじいちゃんの家に行ってうなぎを食べる。

　おじいちゃんはほとんど寝て過ごしているのに、うなぎはちゃんと食べるのがすごい。お鮨とうなぎは昭和の宝だわと思う。

　でもおじいちゃんはうなぎをちょっと食べて寝てしまった。しかも気づくと私も床で寝ていた。横を見たら息子も寝ている。夫だけが洗いものをしている。ひどい。でもこれがこのグループのあり方だった。おじいちゃんの家が崩壊しつつあったときは、私もがんばってトイレ掃除、台所の掃除（シンクってどこまで放っておいてもなんとかなるんだって体感したが、最後には排水口の金網が溶けたのに驚いた！）をしていたが。

帰り際にはいつもにっこりして握手してくれる。

いつかこれがお別れの握手になる日まで、なるべくのんびりしていってほしい。

赤の他人が切にこう思うような人生ってほんとうにすごい。

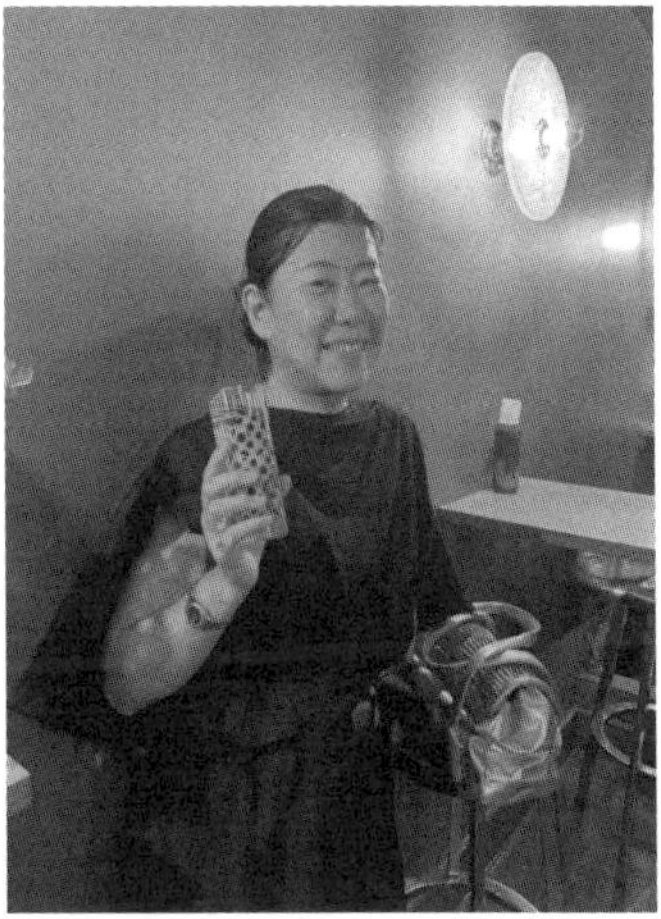

クラフトビール!

時間

◎今日のひとこと

お客様がお望みならなんでも書きます。自動手記人形サービス、バナナ・エヴァーガーデンです。↑イッキ観しておかしくなってるし。

あのアニメをご存知ない方も多いと思うのですが、とりあえず強引に進めます。兵士として生まれたヴァイオレットが過去を消せないままでも、人生を取り戻していくように、私もなんと55にしてこの世に再度生まれました。

小学校４年より前は目に障がいがあれど、幸福な子どもとして。

そこから小説家になるまでは地獄を見て。

愛用、きよみんの器

そのあとはただただ忙しくて。

もしも私に私の人生があるとしたら、幸福な子どもの後の暗黒時代をクリアして、今、初めてまた世界に出たのです。だから年齢は12歳くらいだと思いたい。しわもあり、子どもも産んだし、腹も出ているが。

世界は思ったよりはずっとゆるく優しく、しかし地球の人たちの風習はわからないことだらけでした。


洗濯ものを取り出して、どう干すかを考えて伸ばしながら悔いなく干す。

朝座って、コーヒーを静かに飲む。

旅の思い出をかみしめながら荷解きをする。

お昼をどこで食べようか考える。

お皿をゆっくり拭いて、しまう。

寝る前にちゃんとストレッチをする。

爪を爪きりであせってバチバチ切るのではなく、やすりで整える。

それがほんとうにしたいことでした。

このどれもを、忙しすぎて20代と30代にはひとつもできませんでした。

いつもいつも辛くて、疲れていて、横になりたくて。

自動的に泣いたり笑ったりしているけれど、いつも眠くて。

なんでもいいから少しだけゆっくりしたい、いつもそれが本気で人生のいちばんの望みでした。

私がどれだけ働いていたか、そんじょそこらのブラック企業なんて屁でもないというくらいです。

これじゃいけない、こういうことはやがて作品に出てしまう、と思って、むりにでも仕事を減らして、人にも会わなくなって、やっと少しだけ上記のことができるようになりました。

そうしたらわかったのです。

そうして「今目の前の時間」を味わうことこそが人生のいちばんだいじなことだと。

知人とランチしたり飲みに行ったりするのは、確かに楽しいことです。

でも、それが週に3日だともはや苦痛になってしまいます。ましてたとえば12時に帰宅して、そのあと6時まで仕事があって、さらに翌日9時にはもう外でする仕事が入っているとしたら。何十年もそれが続きました。しかたなかったのです。両親も生きていましたし、お金が必要でした。

私はずっとその苦痛の中を生きてきたのだなと思うと、これまで会ってくれた人たちに申し訳ないなと思います。

それが5年に1回でも、ほんとうに心から楽しく会う方がいいのです。

あの頃の自分は、そんなことさえわからんようになってたんか？　と多少メロディーに乗せながらしみじみ思いますが、忙しさってそういうものです。感覚がおかしくなってしまうんですね。

去年の自粛期間に、数回だけ、ほんとうに親しい人と会いました。

しばらく家族にしか会っていなかったから、話すだけでも新鮮で、人と会うっていいなと思う。

あれ？　この感じを知ってるなと思ったのです。

そうか、旅先か。

旅先ではよけいな服も管理や維持のための家事も雑用もないから、純粋に人に会えるんだなあと。

旅先くらいでいいんだ、そう思いました。

それとは別に、そのへんにいつもいたり仕事で会ったりして、ひんぱんに体の言葉を聞ける人もいるわけだし、と。

そうしたら時間の使い方についておのずとわかってくるのです。

もしもたんすの中にダンボール1箱分以上、紙袋だけの箱があったら、それはきれいな紙袋を所有しているけれどたんすのスペースは失っているということですよね。

スペースはあったほうがいい。ほどよいバランスをいつも保った方がいい。

そのためにはよけいなことをしないほうがいいだけ、それにつきるなと思いました。

よけいなことさえしなければ、神様のようなものがちゃんと融通してくれるのです。

ハリネズミたち

◎どくだみちゃん

あれが最後

いつものようにお茶を淹れて、お菓子を出して。

犬や猫にまみれながらおしゃべりをして。

それが最後だった。

もう同じように会うことは一生ない。


自分が線を越えたのか、相手なのか。

それはだれにもわからないし、わかる必要はない。

天の理がどうしてももういっしょにいさせてくれなくなった。

そういうことだろう。


何回もいっしょに行った伊東のあたりの、カーブを何回も曲がり、熱海の灯が見えてくる感じ。

藍色の空に光が映って、夢のようににじむ。

あの感じが全てだった。

あの感じがなくなったから、あの美しさを保つために、
別れなくてはいけないこともある。

それが理だ。

いつもソフトランディングを目指しているのに、
どうしても傷を大きく残してしまう。
生き様が悪いのか、自分のどこかに大きなうそがあるのか。
それを探りながら、後半戦は穏やかに行こうと思う。

いつかまただれかと、あの気持ちになろう。
互いを助けたいと、ただ思うだけの。
性別も年齢も関係なく。
そして次は傷つけあわずに、穏やかにすっと別れよう。
あれ？　いつが最後だったっけ？

ブルスケッタ

あ、あのときか、いつもどおりだったな、と天国で思えるような感じで。
時間という河の流れの中で、ふわっと近づき、ふわっと離れる極意。
それを学んでいく道に入った。
大きな流れが今また変わろうとしている。
どんな景色が待っているのか、しょんぼりしているひまはない。

◎ふしばな
うそをつかない系の話

特定のだれかをイメージしていないので、決して勘ぐらないでください（笑）。
大勢がわいわい話していても、じっと黙っているタイプの人がいる。

黙っていかたにもよるんだけれど、たとえば私の友だちの次郎くん（仮名）は、黙っていてもいろんなことを考えているのが隣にいるとむちゃくちゃ伝わってくる。声が聞こえてきそうなくらい。

あるとき、誰かが「自分は不純だ、好きな女の子に夢の中でいやらしいことをしてしまう」とまじめに告白しているのをずっと黙って聞いていて、「次郎はそういう夢を見ないの？」と聞かれ、「見るよ。この間も、テントの中で○○さんと○○さんと○○さんがみんな裸で絡み合ってる夢を見た。今、ずっとその夢のこと考えてた」とそのままのことを言ってたし！

そういうのは別にいい。無口なだけだから。

そうではなくて、「自分はこの場にいることも、人々が軽口をたたいていることも、違うと思う。ほんとうのことしか言えない、ほんとうにおかしいことを聞いたときしか笑えない」という系の人のことだ。

私はどうしてもどうしてもそういう人を見ると「インチキだな〜」と思ってしまう。だからそういう人たちにむちゃくちゃ嫌われるけど、しかたない。接点がないんだから。

うそがあるから人を失うのか？　とまで前項に書いているのに（笑）！　そういう人たちの中では、自分はぺらぺらしゃべるうそつきに分類されている。

でも、「ほんとうのことだけ口にして生きていたらなにかがよくなる」と思う、その考えがそもそもインチキだなと思うのだ。

思いやりとかカリスマってそういうものではないような気がする。ほんとうのことを言おうと心がけている人のたたずまいって、いつだってもっとさりげないものだった。

これはあくまで個人的な意見なので、決してそういう人たちを責めるつもりはない。

ただそのシリアスさが「インチキな上に傲慢でかつきゅうくつだなあ」と思ってしまうのだ。

西村晃《こう》さんが連れの人をまるで黄門さまのように連れていらした大きなお茶会（自分史上最高にきゅうくつだった思い出。西村さんは気さくな方でしたので、きゅうくつではなかった、ただ環境が非常に！）以上にきゅうくつだなあと。

たとえばだけれどお店で、「日本酒ありますか？」と正直に言って、そこから展開する話でなにを飲むかを決めていくというパターンに慣れているとする。「これとこれとこれがあります」とか「メニューをお見せしましょうね」とか「純米吟醸と純米と無濾過がありますけれどどちらで？」とか「うちはおまかせになっているので1杯ずつお出しします」とか、そういうやりとりの文化を私は生きている。

でも、この世には違うパターンもある。

「日本酒ください」「うちには日本酒なんてあらしまへん。お名前のついたお酒だけどす」みたいな。

そういうのと同じ感じがしてしまうのである。

もちろんそういう世界で生きていきたい人はそれでいいと思うのだが、私には耐えられない。だれか早く突っ込んで！　みたいに思ってしまうのだ。

自分がとことん下品なだけなのかもと思う

特別なレーズンサンド（しかしレーズンではない、パイナップル）

けど、そんなのよりはうそつきに見えても下品でもいいやって。

◎よしばな某月某日

初めて行く居酒屋にふらりと入る。

カウンターでも奥でもと言われたのでカウンターに座ったら、店主が「あ、まずいことになったな」と口に出して言った。

「あの、まずい感じなら、おじゃませずに帰りますけど」と言ったら、「いや、そういうことじゃないんです、ごめんなさい、どうぞどうぞ」と言う。

座るやいなや、カウンターのはじにいたお兄さんがにこにこして話しかけてくる。かなりべろんべろんな様子で。まずいのはこれか！　と思った。

彼は自分のグラスを差し出しつつ言った。

「ここはなんでもおいしいし、飲みものはこれが特においしいんですよ、このレモンサワー。瀬戸内のレモンで最初から割ってあるんです。よかったら僕、まだ口をつけてないので、ひとくちいかがですか？」

その差し出しは乾杯じゃなかったんだ！　よりによってこのコロナ禍の世界でこんな人にめぐり合えるなんて、私って持ってる！　そう思った。もちろん飲まなかったけど。

初めて行く居酒屋にふらりと入る。お通しの皿がねばねばしている。焼きはまぐりの下には小さな字で（ホンビノス）と書いてある。

深夜0時を越えたらいきなり労務者風のひとり客で席が埋まってくる。

これは……駅前だけどこういう感じの店か！　と思いながら、パリパリチーズだけ食べていたら、尋常ならざる量の青のりがかかっていて、身も心も青のりだらけになる。

そして働いている若いお姉さんが異常に親切で、心の声が聞こえてくる。「お客さんたちみたいなお客さんがいいんです、どうかどうかいっしょにいてください、うんと親切にします」

なんだろうか？　と思いながら、わりとすぐ帰る。

翌日レンタカー屋のお兄さんがやってくるパトカーを見ながら、「このへん最近物騒なんですよ、同じ通りの角の居酒屋で先々週殺人事件があったし」と言う。

「まさか、角の〇〇ですか？」と言うと、「そうですそうです！」と言われる。

「昨日行っちゃった〜」と言うと、「あ、大丈夫です、店の中じゃないんですよ！　店の中で口論になって、店の外まで追いかけてきて刺したみたいです」と言われるが、なんのフォローにもなってないから！

ネットで調べたら厨房の包丁を奪って追い

かけて刺したと書いてある。

オエ～、その包丁、どうか警察が持っていってくれてますように。

私って持ってる！　でもちっとも嬉しくない。


某エモンが某地方の某お店に行って、連れのひとりがマスクしてなくて入れてもらえないことにTwitterで抗議をして、店も反論、そして店にはいやがらせの電話がいっぱいかかってくる、店が休業……というしょうもない事件を見て思った。Twitterで書いたら絶対炎上するから書かなかったけど、そろそろもう時効だと思うので書く。

確かに某エモンには問題ありありだし（だって生きてるだけでなんとなくいばってるように見えるから）、入り口にマスクなしだめ宣言が書いてあるのなら、諦めて別の店に行くか買いに行けばいいように思う。そこは素直にしたほうが早いし。

でも、なんていうのかなあ、お店の側が、Twitterで、お客さんに対して「面倒くさそうだったから追い出した」みたいなことを書いちゃうのは、いかにその事件でいやがらせを受けても（某エモンがファンのそういう行動を期待してないならなおさら）、とってもいやなものだなあと思う。

某エモンがもしかしたら下品な一面を持っている、そのこと以上に、お店というものは一応世の中全体に開かれているものだから、「マスク着用に関して徹底しており、たいへん失礼いたしました。マスクをしてぜひまたお越しください。あるいはご用意してますので、入店時と退店時、よかったらお使いください。いらしていただいたのに、申し訳ありません。ファンの方たちからの電話でたいへん迷惑しております。どうかもろもろご理解ください」とウソでもイヤでも書くのが筋なんじゃないかなあ？　と思うのは、私が古い人間なのかもしれないけど。

　お店の人がお客さんを追い出した上に悪し様に言う様子に、それを正義と呼ぶ人々の様子に、ただただぞっとした。

総量

◎今日のひとこと

私はよく「どんなひどいときでも半分はいい側面がある。総量は変わらない」ということを言いますが、そうするとたいていの人が「いいほうを見ればいいんですね！」と言います。

それは違います。常に総量をただ見る、それだけなんです。

例えば、人が死に、悲しい。でも自分は健康で生きている。それも総量です。

でもここで「自分は健康で生きている、だから大切な人が死んでも大丈夫」と思おうと

「晴れ豆」の壁が好き

する、それは違うんです。

俯瞰というのがちょっと近いかもしれません。

それができると、長い人生の中で、愛する人は死んだが自分は生きていた、そういう時期があったなあと思うであろう未来を感じることができるのです。メメントモリ的な意味ではなくて。


もっと簡単にたとえてみましょう。

最近そうじばかりしているので、つい卑近なたとえに（笑）！

そうじをするとき、使い捨てのシートを使わないで、ぞうきんあるいは専用のモップみたいな洗えるものを使うとします。

使い捨てシートを買う、買わないという経済的な観点から見ると、それはプラスです。

でも、ぞうきんやモップを洗濯するという観点から見ると、洗剤と水を余計に使いますよね。また、干したり取り込んだり、時間もよけいにかかります。

要するに、ざっくり言うと地球とか自分にかかる負担はいっしょなんです。

だからこそ、全てを眺めてみるわけです。自分の心や、経済状況や、ライフスタイルや。総量を眺める視点の中からこそ、最適解が出てきます。

きっちり計算して得な方を取ることもできるし、お金がなくて時間がありあまっている人なら洗えばいいし、お金はありあまっていて時間がない人なら使い捨てシートを買えばいいし、忙しくてお金もない人なら生活を見直す。

ポリシーが「地球に負担をかけない」であ

れば、洗剤を見直せばいいけれど、その環境に優しい洗剤の価格も考慮しなくてはなりません。

快適バランスが千差万別なだけで、全体の総量はなんとなくいっしょじゃないですか？「便利だから使い捨てシート」と一択で漠然とお金を使い続けることや、「地球に優しいから」と水や洗剤をがんがん使って汚れたぞうきんやモップを洗うか、その一点だけを見ている状態が、前述した「愛する人が死んで悲しい、今はただただ奪われる時期だ」「なにもいいことはない、今は絶望だけの時期だ」と思ってしまうことにあたります。

人は感情の生きものなので、どうしてもフォーカスされているところばかり見つめます。でも、フォーカスされてない全体を見ることができれば、感情そのものは変わらなくても、全体を把握できます。それだけでいいのです。悲しみは癒えない。しかし、まだ持っているものがある。それがわかるだけですが、大違いです。

そうじ的に言うと、いやいやでも「高いなあ」「みんなが使ってるから」とシートを買い続けたり、「洗うのも干すのも大嫌い」と思いながらモップを洗ったりしている状態から、自分に合った状態を選ぶ自由を探すことができます。「そうじがいやだ」は変わらないとしても、その中で少しでも納得のいくあり方を選んだという自信があるのとないのでは、日常は全く違います。

「全てが絶望ではない、私は生きている。でも、今はただ悲しもう」それとただ絶望しているのでは、大違いです。

もう少し遠くから見れば、あることの総量

なめらかな波、逗子にて

は変わらないから、自分が少しでも大丈夫になりやすい視点を持とう、ということになります。

中庸とか中道とかいうものにも、似ているかもしれません。

◎どくだみちゃん

いつも眺めていた

私は授業というものの意味がわからなかった。

今もあまりわかっていない。

教科書を数ページずつ進む。

特に新しいエピソードもなく、その箇所についての解説を聞く。

こなれた解説なので、疑問がなく進む。

この時間、いったいなんのために必要？

苦行？　それぞれの帳尻を合わせてるだけ？

　別に天才だったのではない、意味がわからなかっただけだ。

「家で読んできて質問大会、ひとりひとつ、この章に関する質問を用意すること」

だったら、もしかしたら勉強が好きになったかもしれない。

　たまに話が活き活きしている、説明のうまい先生はいて、そういう授業は寝なかった。

　自分以上に自分の眠気はとても正直だったので、学校にいる時間を睡眠時間にあてていた。

　背が高かったので、席はたいてい後ろのほうで、
　窓際になれたらずっと外を見ていた。


たまに初恋の人が野球をやっていた。

　掛布という人と同じフォームでバットをかまえる人だった。

　巨人ファンなのになぜ？

　いいなあ、と思った。完璧なフォルム、なにひとつ本人とずれていないその全ての反応。なんのうそもつかない人を、当時の親友とその人以外、いまだに他に知らないのだ。

　我ながらよく見つけたと思う。

　私にとって、意味のない授業を熱心に聞いているふりをするよりは、窓の外にある美しいものを見ているほうが重要だった。

　大きないちょうの木、その前をヒットを打って走り抜ける一見美少年ではない美少年。

　別に、今は、彼を求めてないけど（笑）、
　それでも思う。

彼の価値をこの世でいちばん知っているのは本人以上に、私なのではないかと。
当時の親友のものすごい価値に関してもだ。
私はその人たちに育ててもらった。
なにをよしとしてなにを違うとするか、全て教わった。

タイラさんのライト

感謝してもしきれない。
感謝しすぎているし、彼らはそういうわけで完結した存在なので、ほめることさえも違う。単に負担になるだけだ。
だからこうしてここでただ感謝している。
それを神様が聞いてないはずはないと思いながら。

◎ふしばな　恋愛の別れ

最近とんと別れてないが（笑）、恋愛の別れってなんであんなにつらいんだろうなあとしみじみ考えてみた。

私の若い頃くらいの昔って、なんとなくだけれど、恋愛イコール結婚というようなところがあった。熱い恋、かけおち、同棲、みたいな。

そこまでとことんやってしまうと、ズタボロになってもういいやみたいな感覚というか、今の時代とは少し違う気がする。

「香水」とか「別の人の彼女になったよ」とかって、深夜にＴＶで聴くようなそういう歌が、まさに今の時代の恋愛だなあと思う。

こんなに情報があふれていたら、大恋愛なんてできないし、人を自分の一部と思うようなこともないだろう。

だからこそ、こういうふうにこんなに「死」に近い気持ちを描けるんだろうなと思う。

今まで誰よりも近かった人、そのパンツのゴムが腰に食い込んだ跡まで見たことがあるような人が、そのへんをうろうろしているのにもう触れない位置に変わってしまう、そういうつらさは誰もが味わったことがあるものだけれど、今の時代って相手の情報がたやすく手に入ってしまうぶん、いっそう苦しいような感じがする。全身でものすごく苦しいわけではないが、ピンポイントで苦しい、そんな感じ。

好きでもない人とお見合い結婚して穏やかに生きていくほうが楽なのではないかと思うし、昔はそういう感じだったからこそ、恋をほとんど知らない天然なお母さんとか存在したんだろうな。

どちらがいいとかいうことではなく。

何回も書いているが、私はバカだったので、小学校４年から中学３年までずっと同じ人に熱狂的に片想いをしていた。しかしその熱狂は決してストーカー的なものではなかった。好きがこうじて、相手のことが山とか海とか木のように、好きな風景、自然現象のひとつになってしまったのだった。ときめきさえなかった。行き過ぎてる！

　たとえば土肥に行くと、何十年も同じ山がある。ああよかった、山だ。それで終わり。心はキラキラ。それだけ。

　だから、自分の生活圏内の中にその姿が見えるだけで私は安定してしまい、なにもしなかった。バレンタインデーにチョコレートを送りつけるくらいで。それも友だちといっしょに行事としてしていたくらいで、相手はそう思ってなくて迷惑していたかもしれないけれど、私の側の気持ちは決して重い感じではなかった。

　私も自分の暮らしが忙しかったのだ。

きよみんの器たち

彼氏になってほしかったのではなく、風景でいてほしかった。山が彼氏になったら、重いし近すぎるだろう。それだけだった。だから高校になって彼が目に入らない生活になったら、ある種のパニック状態に陥った。ほんとうにバカだが、あれを経験するとしないでは人生大違いで、今でも彼には感謝している。

心のどこかで、あれこそがほんとうに人に持つべき感情だと思っているふしが、今でもあるからだ。

◎よしばな某月某日

「やっぱカトマンズがいい、ここは寒いから〜。バター茶もすぐ凍るし」

とチベットの絶景山奥の村に住む人がナスDの番組で言っていて、そりゃそうだよねと思った。生活ってそういうものだよねと。

電気がついて、水が出て、洗濯機が回って、文明ってなんてすてきなのと毎日思うもん！

一方、進み過ぎだろうというくらい進んだ考えの「ライフスパン」[*56]を読む。

うすうす思っていた。もしかしたらDNAの解析と研究により、時代はこうなっていくのかもと。

高城剛さんの考えとか、アンジェリーナ・ジョリーさんの手術とか、タイムウェーバーとか、明らかにみんなこっちの方向だよなあって。

ちょうどチベットの人たちが重い毛布を山からの雪解け水で手洗いしてるところや、家族の貧しい土地を分け合うためにひとりの女性を兄弟でめとったりして、お兄さんが死んだら弟が残るから安全だって（うちの母のいちばん上の姉とか、まさにこのとおりだった。戦争で亡くなったご主人の弟さんと結婚していた）思うなんて、なんてたいへんなって思うのと同じように、「体を切って内臓を取る？　なんてたいへんな」「歯を抜いて神経を取る？　そこに歯に似たものをかぶせる？　ありえない！」って少し未来の人は思うんだろう。見届けられそうにないのが残念だ。

たまに来る宅配便の新人さんが、毎回箱から受け取り状を剥がしてハンコを押すのにものすごく混乱して、荷物は６つなのに５枚しかハンコを押してないとか、もう押したのを何回も出してきたりとか、手元で紙をパラパラペラペラするので、もはやマジックみたいになってていつまでも受け取れない（笑）。

こういうことも、きっとなくなっていくんだろうな〜。

少し前の時代では「多少熱があっても約束したら行く、仕事だったらなおさら」という風潮があり、うちの父などはまさにそういう世代なので、熱が出ても決して学校や仕事を休ませてくれなかった。

私はずっと「それはちょっと違うんじゃないかな、これからの時代。だっていい状態で仕事したり会ったりするほうがいいし、相手がその状態で来たら移されそうでこわいよな」と思っていた。

時代が追いついてきたのか、いまやちょっとでも熱があったら外出できないところまで来てしまった。それだけは少しありがたい。映画館などでマスクなしの咳き込みおやじとかと並ぶと、ほんとうに腹が立つから。マスク警察なのではなくって（広々した道ではしてなくてもなんとも思わないし）、単に無神経だなと思うから。

京都で某サウナの〇湯（笑）に行ったら、主ババアが髪の毛を洗ってからサウナに入れとしつこくいうので、洗い直してから行ったら、サウナ内でのババアの咳き込みハンパなく、みな静かに鼻と口を覆った。出たら出たで水風呂の蛇口から直接水を飲んだり、ガラガラペッとかしている。いろんな意味で怖くて入れねえ！

目の前の鏡には「あなたの注意、いけずになっていませんか？　なにかあったら直接注意せずにとりあえず番台に言いに来てくださ い」などと書いてあるが、この感染症の時代に、いけずを超えてやしませんか？　ばあさんよ。

番台に言おうかなあと思ったけれど、完全に留守番のお兄ちゃんなので、うすぼんやりとしているからやめた。こんな弱いお兄ちゃん、ババアに秒殺されるだろう。

きっとここもあの某兄弟がやるぞ！　と決めて刺青スタジオなどもオープンし、2階を全部解放していたコロナ以前は、なんともよかったんだろうなあとしみじみ思う。ちょっと行くのが遅かったかも。

そういういろんなことがあるあいだにも、なんともいえない薄紫色のヘアマニキュアをした高齢の、がりがりのおばあさんが、静かにくりかえし風呂に入り、音もなく体を洗っていた。その淡々さといったらもう見ていて眠くなるほどで、思いっきり背中にドーム状の噴水のお湯を浴びたりしてびしゃびしゃしたりしているのに、印象はなぜかとっても静か。電気風呂にも、全く動揺せずに静かにつかっている。そしてまばたきしてないのではないかと思うようなその透明なまなざし……！

　しみじみとそのおばあさんの静かな人生を思う。もはや主ババアからはあのおばあさんの存在は見えていない気がする。高度な魔術を使ってるとしか思えない。

「カルラ舞う！」[*57]（シリーズを全部読んでクラクラしている日本史ができなかった私。そして思う。どうして彼女たちはいちいちその場所の学校に転校するのか、と）の翔子のように、見えなくなる術を使えるほどの修行が足りないな！　と素直に思って、なるべく気配を消す練習をしていこう。

「つ串亭」のチョリソーチーズ焼

くりかえし

◎今日のひとこと

父が最後の頃に、「お年寄りは同じことばかりくりかえして言うから、めんどうくさいなって思われてるのはわかってるんですよ。でも自分でもどうしようもないんでね。わかっていても言っちゃうんです」と何回か言っていたのです。

そういうふうになっちゃうんだ、と驚いたことを覚えています。

でも、最近なんとなくその気持ちがわかってきたのです。

家にいることが多くなって、そうじなども

からくり人形

慣れてきて体が自動的に動きます。

あれ？　この隅っこのほこり、昨日も見たような？　とか。

犬の水、さっき換えたっけ？　とか。

洗濯もの、あ、干したわ、と思っていてまだだったり。

高齢になり、外に出かけなくなったら、こうやって毎日が混じっていって、みんないっしょになっちゃうんだろうな、と。

そして何を話して何を話してないのか、これを言いたいのに口はこっちの話を再生しているとか、絶対ありそう。

ああ、そういうことかと思ったのです。

そうしたらおじいちゃんが同じ話をくりかえしていても、これはわかっていてやっているウォーミングアップみたいなもので、この次に話そうとしてることがほんとうはあったんだけど、途中で疲れちゃっていつもの話のところで終わるんだな、と思うようになりました。

私にも、枕詞からの単語みたいに、決まった話があります。「カプリ島↓恐ろしいリフ

「アニマリートス」の展示

ト」とか、「駒大↓トータス松本とひとつ屋根の下」とか、「出産↓担当の石原さんの結婚式の日だった、行けね〜よ！」とか、そういう感じ。こういうのがゆくゆく「おばあちゃんがいつも話す話」みたいになっていくんだろうなあって。

だからなにというのではなく、人生っていつの時期も、思い出に彩られているから存在するんだなと、そして人が壊れているように見えてもちゃんと理由はあるんだな、とそんなふうに思うのです。

◎どくだみちゃん

何回でも

朝降りていくと、ドアの向こうで犬がおしりをふりながら待っている。

ドアを開けると、久しぶりに会えたかのように飛びついてくる。

毎朝、毎朝、同じようにちぎれるほどしっぽを振って喜んでくれる。

永遠にくりかえしてもいい。
永遠にこの同じことを。
なのに時間が流れていく。
そのことこそが美しいなんて私にはきっと一生言えない。
死んでも言えないかもしれない。
天国で同じように毎朝、永遠に同じように出会ってもいい。
こんなに喜んでくれるなら。
天国でも同じように朝、会いたい。
飽きることは決してない。

永遠にその時間の中に閉じ込められてもいいくらい。

どこにも出かけたくない、ずっと見ていたい、こんなに喜んでくれるその顔を。

なのに時間が流れていく。

これこそが文学だなと思う。

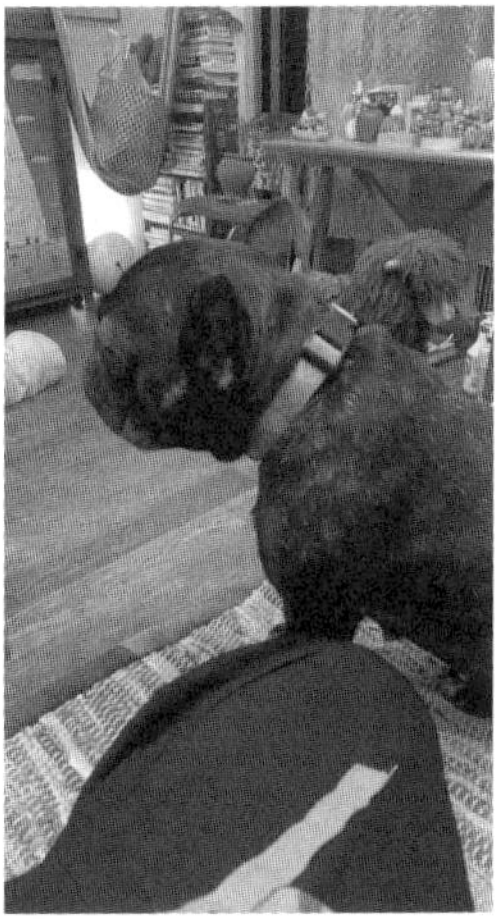
横顔

◎ふしばな

大物

ヤバすぎて書けないが、久しぶりに大物の詐欺師の要素を持つ女性をTVで見た。

自分でもなにがほんとうかわからなくなっているところといい、変なところで見栄っ張りなところといい、ちょっと下品なセンスといい、目標をしぼって一本釣りしているところといい、その中でもうまくツンデレな感じを使って、自分の要求や生活や自由は決して崩さず、でも決して押し出さず、欲がないところはとことんないようにふるまい、相手につくすこともなく、思うように相手からお金ではなく愛情を引き出しているところといい、すごかった。

そう、ほんものの詐欺師は、いつも現金で

はなくその向こうにあるもっと大きなもの、つまり対象人物の持っているもの全てを狙っているのである。その全ての中に、たいていの場合、たまたま資産も含まれているだけである。それは究極の嫉妬であり憧れなのである。

「すげ〜な！」と思わず声に出して言ってしまった。

これまたすごいなと思ったのは、某芸人さんたちがそれをすぐ見抜いたところで、だてに芸人さんが今日本を仕切ってるわけではないな、としみじみ思った。

それからうちの姉も同じ番組を観ていて、「太ももがすごかった」という意味不明の着眼点を持っていたが、それもまたひとつのわかっちゃった感だろう。さすがだ。

あんなに愛のない世界を生きるってどういう気持ちなんだろう。

愛を知っていると思っている私でも、心のどこかでは、こんなに愛しているこの家族もスタッフも、ある意味幻影だと思っている。みんなでひとつの夢を見ているだけだ。

だからこそ、愛という種類の夢が大切なのだ。

丸尾孝俊兄貴の名アシスタントのひろちゃんは、兄貴を愛しているだけではなく（いや、愛していると思うけど）、なにもいらない、ただ力になりたい、別に無償でもいい、自分の時間なんて別になくたっていい、そう思っている。

その姿勢に打たれて、他のアシスタントもどんどん仕事ができるようになっていく。

兄貴にもそれはしっかり伝わり、兄貴が彼女にお金以上の大切なものを与えたり遺したりすることは確実だろう。考えただけで泣けてくるから、長生きしてほしい〜！　けど。

それが愛という夢だ。

私もその夢のほうが、地上にいるからには好きだ。

夢見ていたい。

詐欺という名の、嫉妬に支えられた嘘の夢は見たくない。

死ぬとき「まあ、全部夢だったんだろうけど、いい夢みたな」

と思いたい。

いろんなステッカー

◎よしばな某月某日

まゆちゃん[*58]に長い時間ボディチューニング[*59]（限りなくタイマッサージに近い）をしてもらう。時間があったのでハーブボールで腹や股まで温めてもらう。タイを思い出した。タイより温度はうんと優しかったけど、タイを思い出した。何時間でも受けていられる心地よさ。時間をかけて、今日は体メンテナンスだけの日と決めるのはすばらしいことだ。

もしホテルの中のエステでこれだけの時間受けたら6万円くらいの技術なのに、半額くらいなのもすごい。才能って人を救うなあ。

長い時間をおすすめします。

ちょっと前だったらまゆちゃんはきっとバブリーな大きなビルの1階を貸し切って、セラピストを集めて経営に回っていただろう。もしかしたらいずれ自然にそうなるのかもしれないが。

でも、あの細かい気配りや場所や部屋に合ったインテリアのセンスはまゆちゃんにしかできない。だから今の小商いがものすごくしっくりきている。これからの時代のコツはここにあるのかもしれない。


で、まゆちゃんといろいろしゃべっていたら、私がわりと気に入って何回も行っていたほんとうにおいしい世田谷のお菓子屋さん、あまりにクオリティが高かったので春菊さんや近所のしーちゃんにすすめまくったところのパティシエが元カノを刺し殺して自分も自殺、さらにはインスタで超不穏な投稿をして閉店宣言をしたあげくにその行動をしたということを聞いた。

大ニュースになっていたのだが、全く知らなかった。

最近なんなんだ、いったい。こんな話ばっかりじゃないか！

しかしこれは私の引き寄せではなく、世間全体が荒れ気味なのだろう。

こんなときは確実に静かに暮らすのがいちばんだ。

それにしてもあのおいしいシュークリーム、ケーキ、コンフィチュールの数々と、小さな路地に展開していた美しい店内を思うとほんとうに残念。あの全てがそんなふうに消えていくなんてなんて残念。

　まゆちゃんが「白砂糖の取りすぎもありますかね～」って言ったのがウケた。いや、ウケてる場合じゃないよ！

　お会いしたときに「ホリエモンと餃子屋の話」をしていて、前田知洋[*60]さんがおっしゃった。

「モメる要素がない話ですよね。お互いが普通に譲り合えば、なんでもないことなのに」

　そう、お店の方は「申し訳ありませんが、マスク未着用の方はお断りしておりまして、よかったらこちらをお使いください」って使い捨てマスクを出せばいいし、ホリエモン側は「いや、買ってきます」とか「店内で余計なマスク持っていて私にくださる、あるいは売ってくださる方おられますか？」と言うとか、いくらでもできることはあったような気がするのだ。

　それができなくて炎上したり追い出したり怒ってTwitterで書いたり（でもこの話に関して私はちょっとだけホリエモン寄り。お店で働いたことがあるので、お店の人がお客さんを悪し様に言うのを見るのはとても辛い。また、世間に顔を知られている人がお店に入るとき、お店に対してどれだけの好意や緊張感を持って、ナーバスな気持ちで訪れているのかをできれば察してほしいと感じているかが少しわかるから。まあ、いばる人は最低だが、そういうふうにしか振る舞えないのかもしれないし）、そんな荒々しい世の中になってしまったことがすごくこわい。

ケンカすることももちろんあるが、自分は最後の線までは、とにかく丸くありたいなあと思った。前田さんのように。

ランタナ?の茂みを見つけた

タイミング

◎今日のひとこと

できればこう死にたいとか、最後まで自分でトイレ行きたいとか、いろいろ考えたり対策しても、あんまり意味はないんだなと「全親それぞれ」の死を見て思いました。それぞれのタイミング、それぞれの死に方で去っていきました。

そう、夫のおじいちゃんが去って、もう周りに「親」がいなくなったんです。

すごく淋しいし今は考えられないけど、自由な気持ちがじょじょに立ち上がってくるのを待ちます。その期間もとっても大切。

じーじとの最後の写真

うちの父は仕事や考え方ではいろいろ偉大だったけれど、死に方はとっても不器用でした。でも娘たちには仕事をキャンセルしてほしくなかったみたいで、だれもいないときにさらっと逝ってしまったのは、父らしかったです。

夫のお父さんは93歳のお誕生日の翌日に、静かに亡くなりました。

92まで運転してひとり暮らししていたのもすごいです。

最後に交わした言葉は「おめでとう」で、にっこりと笑って手を握って「温かい」と言ってくれました。いっしょにうなぎを食べました。

ひとりでトイレに行くのが限界で、でも施設や病院はいやで、ヘルパーさんを受け入れたのも最後やっと、そんな形を貫きました。

最後のほうは夫が1日4回くらい顔を出して、ほとんど泊まり込みだったけれど、親子の静かないい時間を過ごしていたので、良かったです。

ちょうど1部屋だけ空いていた近所の介護マンションに入り、ちょうどヘルパーさんの作ったごはんを一口食べて、眠ったままで亡くなり、ちょうど葬儀屋さん（Kenkenの実家！　死ぬのがこわくなるくらいいい葬儀屋さん。金子マリさんが社長！）がいいタイミングでいらしてくださり、まさにキャンセルになったばかりで空いていた斎場のたったひと部屋にすべりこみ、家族だけの小さなお葬式ができることになりました。それはだれの予定もキャンセルしないでいいタイミングでもありました。

偉大な人には、神様や仏さまがちゃんと道をつけてくれるんだから、あれこれ細かく考えなくていいんだなって思いました。

ただ懸命に生きる。夢も希望もなくても辛くても、計画性なんてなくても、ただただ生きられるかぎり。

キスの天ぷら

それだけでいいんだと心から信じることができました。おじいちゃんはその全身で教えてくれました。
ありがたいとしか言いようがないです。

◎どくだみちゃん

蝶

仏壇に手を合わせてくれたアイリーンちゃんと、夫と、おじいちゃんがもういないおじいちゃんのマンションを出たとたんに、
雨の日なのに黄色い蝶がひらひら飛んできた。
亡くなった人は蝶になって会いにくるっていうから、きっとおじいちゃんだねと言っていたら、
大通りで蝶は車に轢かれた。

みんなでぎゃ〜！　と言っていたら、車の風に翻弄されただけでちゃんと生きていて、またひらひら舞い上がって去っていった。

なんでおじいちゃんらしい、とみんなで笑った。

ほんとうにそういう人だった。

「せせらぎが全く聞こえませんな」と川沿いが売りの宿で言い。

「ここは風呂にしようとして失敗したんですか」と変な中庭がある部屋で言い。

「もう92ですからね」と90のときに言って、「まだ90じゃない」と言ったら、宿の人が「そういう方向に間違えることもあるんですね！」と笑っていたり。

毎月のように温泉にいっしょに行って、楽しかったなあ。

元気だった頃

まるで死にかけた猫のように、ボロボロのペラペラになっても、いっしょに座ってごはんを食べてくれた。

あんなにボロボロのペラペラになった人間を見たことがなかった。

「うちの親、ほんとうはまだ余力があったんじゃ」と思うくらいだ。

使い切って去った人はすがすがしい。最後まで、しぼりきった命は、うんと自由になってひらひら会いにくるのだろう。

◎ふしばな

食

何回も書いているうちの父の晩年の名言として、「歳を取ると、いちばん嬉しいのは、意外な人が意外な食べものを持ってふらりと訪問してくれることなんです。でも、決して誰かに会いたいから連絡して呼んでくれっていうことじゃないんですよ。全部が意外なところが大事なんです」というのがあるのだが、それをよく思い出す。

交通事故で肋骨を痛めて、とりあえず近所に連れてきたけど、まだ介護認定取ってないからヘルパーさんが来ない&世間はコロナだよ！　という時期、それまで動けない体で佐野らーめんのカップ麺を主食にして生き延びていたおじいちゃんは、持っていくものをとにかくよく食べた。

もしかしたらもう1回ひとり暮らしをエンジョイするんじゃ？　というほどの勢いだった。

おやつ（おやつ!?）にと、産みたて卵の目玉焼きを2個作って、熱々のまま皿に乗せて歩いて持っていったら、ぺろりと食べたことをよく思い出す。（佐藤）初女さん式で作ったでっかいおむすびも毎回2個は軽く食べた。

ヘルパーさんが来てからはもう私が作ることは日曜日の汁物くらいだったし、それもだんだん食べられなくなっていったから、おじいちゃんが最後にもりもり食べたものは私の作ったものだった。そう思うとがんばってよかったと思う。

父の言葉を思い出して、高級過ぎないどら焼きやお団子（スーパーのレジ周りにありがちな）や、いただきものの高級なプリンや、チョコレートなどの娯楽を取り混ぜつつ、いい米、いい野菜、新鮮な果物だけを心がけた。お惣菜は買ってきても、米と汁だけはうちから夫に持っていってもらった。大人の仕事がある男性が、あんなにもお父さんのところに通い詰めているのを見るのは感動でしかなかった。

みるみるうちに回復して太って起き上がってしゃべるようになった奇跡の日々。ろうそくの最後の炎。そのときに夫が車椅子で街を見せたり、お茶をしたり、神社に行ったりできたから、よかったのだ。

人がこねくりまわして料理して損なっていない、生きたままの食べものが命を作っていることをあれほど思い知ったことはない。

亡くなる数ヶ月前に、奮発して「ウルフギャング」のヒレステーキ弁当を持っていったら、おいしかったのかペロリと食べたことも忘れられない。

そんな時間を持ててよかったけれど、食べるってすごいことなんだということが骨身にしみた。

これからもちゃんと食いしん坊でいつつ、家では粗食をこつこつ作ろうと思った。食べものには深い意味があることがよくわかった。

お別れの日の雲

コンビニ弁当とラーメンじゃ絶対ダメ。それは娯楽であって、食事ではない。

◎よしばな某月某日

いつも「今頃おじいちゃん倒れてるんじゃ」と思って心のどこかがはりつめていたこの数年。

電話の音が聞こえなくなって、連絡がつかなくなることも頻繁にあった。

遊びに行って、車を停めて、まず家の中の様子を夫が見に行く間、すごく怖かったし毎回覚悟していたが、いつもおじいちゃんはちゃんと歩いて出てきた。

家の中はぐっちゃぐちゃでちょっと掃除するけど焼け石に水であった。

親のうんこより多い数（食事中の方ごめん

なさい）を見た自分以外の人のうんこがおじいちゃんのだな。ちなみに1位はうちの子ども。

もう心配しなくていいんだ〜、と思うと、ふわっとゆるむ感覚。

夫はやることが多くてゆるむどころじゃなさそうなので申し訳ないが、心配って、しないつもりでもやっぱりしてたんだなと思い知る。

どこに行っても食べものやお菓子を見るたび、「これならおじいちゃん食べるかな」と思っていたので、そこも気が抜けた。

もう、これは、おじいちゃんも夫もそろそろ限界だろうなと思った2週間後くらいにさっと去っていったのが見事すぎた。

海外はまだコロナで簡単に行き来するのがむつかしいけれど、もう安心して旅に出たり、レストランに行ったりできるんだなあと思う。しようっと！

「つゆ艸」でおじいちゃんのところから帰る夫を待ったり、「つゆ艸」の夜の部「CAFE KOYOI」でおじいちゃんちの帰りにパフェを食べたりちょっとお酒を飲んだり。

介護マンションの真ん前にあったそのお店たちは、希望の星だった。

店というものがどんなに大切なものかも、思い知った。

お店の人とちょっとだけ会話できればいい、ひと休みして甘いもの、温かいものを口に入れる。

それだけで人間ってどんな悲しみからも少し復活できるのだ。そんなすごい仕事をしていることを、お店の人たちは絶対的に知っていてほしい。

お花やろうそくを絶やさないようにしているが、ふと見ると猫が花をむしゃむしゃ食べている。なんとなくぼろぼろになり、縁起が悪い。

あと、猫はいつでも家中のひもというひもをかじっている。

これならいくらかじってもいいよ〜、というフェイクひもをたらしておいても、全く相手にしてくれない。実際に使ってるカバンの取っ手、着ている服についてるひも、充電に使っているコードにしか興味がない。そのムダな超能力を他のことに使ってほしいな！

痛いと言われても揉む！　幸せな日々でした

注釈

＊1　ラ・プラーヤ（P42）　渋谷にあるスペイン料理屋。電話番号03-5469-9505
＊2　クッキングパパ（P47）　うえやまとち作の料理漫画。「モーニング」連載中
＊3　ものすごい規模で改装（P47）　りんたんのnote。https://note.com/seinrintan/
＊4　清志郎のすばらしい本（P53）「使ってはいけない言葉」2020年　百万年書房刊
＊5　波よ聞いてくれ（P59）　北海道札幌市を舞台にラジオパーソナリティとして奮闘する主人公を描く人気漫画。「月刊アフタヌーン」連載中
＊6　兄貴（P65）　バリ島で暮らす大富豪。現代で生き抜く知恵をブログや動画などで配信している。http://www.maruotakatoshi.jp
＊7　ジムシー（P69）　アニメ「未来少年コナン」の登場人物の一人。プラスチック島で一人暮らしをしていた自然児
＊8　ベアゲルター（P90）　アウトローな女たちの戦いを描くアクション漫画。「月刊少年シリウス」連載中
＊9　GET WELL SOON（P92）　自家製酵母パンのお店。https://getwellsoon.jp
＊10　ナルコス（P104）　コロンビアのドラッグ・カルテルを描く人気ドラマ。Netflixシリーズ

＊11 陶芸家のきよみん（Ｐ１０５）https://www.etsy.com/jp/search?q=koide%20studio&ref=auto-1&as_prefix=koide

＊12 ナスＤ（Ｐ１０８）テレビ朝日の冒険番組のディレクターであり出演者。地上波放送のほかに「ナスＤの大冒険 YouTube版」などがある

＊13 まとまらない人（Ｐ１１０）２０１９年　リトルモア刊

＊14 うえまみちゃん（Ｐ１１２）お助けウーマン。「ばな子とまみ子のよなよなの集い」更新中。https://note.com/d_f/m/mfccfe3cf3ada

＊15 つ串亭（Ｐ１１４）下北沢にある焼き鳥屋。電話番号０５０－５５９４－７１９７

＊16 ＤＥＰＴ（Ｐ１１５）https://d-e-p-t.tokyo

＊17 ガーニッシュ（Ｐ１１５）http://www.the-garnish.com

＊18 70年代の懐かしい作りで玉石混交系（Ｐ１１６）https://bigtime.theshop.jp

＊19 かまいキッチン（Ｐ１１９）https://kamaykitchen.therestaurant.jp

＊20 村上Ｔ（Ｐ１２７）２０２０年　マガジンハウス刊

＊21 エロスのお作法（Ｐ１３６）２０１４年　大和書房刊

＊22 北区赤羽（Ｐ１３７）漫画「東京都北区赤羽」の著者、清野とおる

＊23 ふたり旅（Ｐ１３９）人気スター二人のアジア旅をとらえたリアリティ番組

＊24 大地を守る会（Ｐ１４３）https://takuhai.daichi-m.co.jp/pr/otameshi/event_a/

＊25　坂ノ途中（P143）　https://cart.on-the-slope.com/
＊26　ポケットマルシェ（P143）　https://poke-m.com
＊27　ホツマツタヱ（P144）「はじめてのホツマツタヱ」今村聰夫著
＊28　ジェロニモ自伝（P144）「改訂新版　ジェロニモ自伝」スティーブン・バレット編　西川秀和訳
＊29　たすかる料理（P148）　2018年　リトルモア刊
＊30　タサン志麻さん（P148）「予約の取れない伝説の家政婦」と呼ばれる人気料理家。「志麻さんの自宅レシピ」など著書多数
＊31　パン（P153）　池ノ上にあるパン屋「エテコ ブレッド」。電話番号03−6877−0433
＊32　野田さんの地鶏の炭火焼（P157）「ポケマル」内「白砂ヶ尾地鶏牧場」。https://poke-m.com/products/69187
＊33　日本沈没2020（P162）　湯浅政明監督によるアニメーション。https://japansinks2020.com
＊34　帆帆子ちゃんの日記本（P175）「それが好きか、心に聞いてみる」（毎日、ふと思う19）　2020年　廣済堂出版刊
＊35　アフターコロナと宇宙の計画（P177）　2020年　ヒカルランド刊
＊36　アリシア（P178）「地球の上に生きる」　1972年　草思社刊
＊37　兄貴（P178）「大富豪アニキの教え」　2012年　ダイヤモンド社刊
＊38　私は散歩とごはんが大好き（犬かよ）。（P178）　2020年　マガジンハウス刊

＊39　新黒沢 最強伝説（P１８１）　福本伸行作の漫画。全21巻。小学館刊

＊40　カイジ（P１９５）　福本伸行作の青年漫画。講談社刊

＊41　千里（P１９７）　上馬にある焼肉屋。電話番号０３‐３４１８‐７４９６　https://yakinikusenri.com

＊42　歴史ある古い楽器の奏者（P１９７）　https://sohegum.com

＊43　銀と金（P２００）　裏社会で巨額の富を築いていく男たちを描いた賭博漫画。全11巻。双葉社刊

＊44　桜井会長（P２０１）　「金メダリストの条件」２０２０年　竹書房刊

＊45　アイリーンちゃん（P２０５）　著者との共著「ウニヒピリのおしゃべり」を２０１９年に刊行。講談社刊

＊46　サブティン（P２１７）　https://www.youtube.com/watch?v=L1SIAq2s188

＊47　まんきつさん（P２１８）「アル中ワンダーランド」の著者

＊48　湯遊ワンダーランド（P２１８）　２０１８年　扶桑社刊

＊49　海のふた（P２２０）　故郷の西伊豆で大好きなかき氷屋をはじめる、まりの物語。２００６年　中央公論新社刊

＊50　竹花いち子さん（P２２１）　https://takehanaichiko.com

＊51　村上里佳子のプロモ映画（P２２２）　https://www.youtube.com/watch?v=XbP_-I50Ozg

＊52　つぐみ（P２２２）　著者のベストセラー「ＴＵＧＵＭＩ」の映画化作品。主演は牧瀬里穂

＊53　としえさんのタイムウェーバー（P２４１）　https://ameblo.jp/yoshimotobanana/entry-12620648549.html

＊54　実話ベースの密教のお坊さんの本（P２７４）「阿闍梨蒼雲　霊幻怪異始末」　既刊６巻　朝日新聞出版刊

＊55　流転の海（P276）　宮本輝著　父母と自身の半生を題材に描いた大河小説。全9巻。新潮社刊
＊56　ライフスパン（P298）　デビッド・A・シンクレアほか著　梶山あゆみ訳　2020年　東洋経済新報社刊
＊57　カルラ舞う！（P301）　永久保貴一作のサイキック伝奇アクション漫画
＊58　まゆちゃん（P307）　https://ameblo.jp/chahaya-indah/
＊59　ボディチューニング（P307）　http://chahaya-indah.net/menu
＊60　前田知洋さん（P309）　クロースアップ・マジシャン。https://note.com/maeda01/

吉本ばなな「どくだみちゃん と ふしばな」購読方法

①noteの会員登録を行う（https://note.com/signup）

②登録したメールアドレス宛に送付される、確認URLをクリックする

③吉本ばななのnoteを開く

こちらの画像をスマートフォンのQRコードリーダーで読み取るか
「どくだみちゃんとふしばな　note」で検索してご覧ください

④メニューの「マガジン」から、「どくだみちゃん と ふしばな」をクリック

⑤「購読する」ボタンを押す

⑥お支払い方法を選択して、購読を開始する

⑦手続き完了となり、記事の閲覧が可能になります

本書は「ｎｏｔｅ」二〇二〇年八月二十三日から二〇二一年二月二十七日までの連載をまとめた文庫オリジナルです。

生活《せいかつ》を創《つく》る(コロナ期《き》)

どくだみちゃんとふしばな9

吉本《よしもと》ばなな

令和5年9月10日　初版発行

発行人―――石原正康
編集人―――高部真人
発行所―――株式会社幻冬舎
〒151-0051東京都渋谷区千駄ヶ谷4-9-7
電話　03(5411)6222(営業)
　　　03(5411)6211(編集)
公式HP　https://www.gentosha.co.jp/
印刷・製本―中央精版印刷株式会社
装丁者―――高橋雅之

検印廃止

幻冬舎文庫

ISBN978-4-344-43320-5　C0195　よ-2-41

この本に関するご意見・ご感想は、下記アンケートフォームからお寄せください。
https://www.gentosha.co.jp/e/